OBJECTIF TERRE

Objectif Terre

LE LIVRE DE POCHE

Les auteurs de ce recueil ont offert ces textes pour soutenir l'action d'UNICEF en faveur de l'éducation des enfants dans le monde. UNICEF et Le Livre de Poche tiennent à leur exprimer toute leur gratitude pour cette initiative.

UNICEF France collecte des dons pour financer les interventions d'UNICEF sur le terrain dans plus de 150 pays et territoires dont certains sont évoqués dans ce livre. Grâce à vos dons, UNICEF peut : sauver, protéger, éduquer et réagir en urgence. Nous vous remercions de votre confiance et de votre soutien fidèle.

UNICEF ne cautionne aucune entreprise, marque, produit ou service.

www.unicef.fr

Couverture : Studio LGF. © Anne Boudart

ISBN : 978-2-253-10382-0

1

L'Entre-Deux

PAR PIERRE BORDAGE

Enfin vient l'entre-deux,
Ces jours où le temps s'assagit,
Où rien n'est plus précieux,
Que la douce ivresse de la vie.

La température était passée de –26 °C à +19 °C en moins de quarante-huit heures, et les congères grossies par les averses de neige des jours précédents avaient déjà perdu un tiers de leur volume. L'hiver s'était maintenu dans une moyenne comprise entre –35 °C et –22 °C, hormis en région Paquedoc, où il était descendu jusqu'à –57 °C. Les voies maritimes, fluviales, ferroviaires et routières étaient restées longtemps bloquées par les glaces.

« Qu'est-ce que tu vas faire pendant l'entre-deux ? »

Le visage collé à la vitre dégivrée, Jenna haussa les épaules. Elle n'avait pas réfléchi à la question. La fin de l'enchantement blanc lui inspirait une profonde mélancolie qu'elle ne songeait pas à combattre. La neige se couvrait d'un linceul brunâtre avant de disparaître, cédant le terrain à une végétation rase et noire, déjà grillée par le froid avant de subir les chaleurs infernales de l'été. Le passage d'une saison à l'autre ouvrait une parenthèse climatique de deux semaines, voire trois les années fastes. C'était le seul moment de l'année où l'on pouvait s'aventurer dehors sans bonnet ni chapeau, où l'on ne risquait pas l'engelure ni la brûlure à chaque pas. Les populations nomades sorties de leur hibernation déployaient les voiles solaires qui alimentaient les moteurs électriques de leurs caravanes ou de leurs bus rafistolés.

Les parents de Jenna n'avaient pas l'intention cette année de se rendre en Scandinavie pour passer l'été dans une canicule un peu moins torride qu'en Europe du Sud. Ils resteraient au bord de la Méditerranée. Le camion tractant leur caravane donnait des signes d'agonie, et son père affirmait qu'ils n'avaient pas les moyens de s'en acheter ni d'en fabriquer un autre.

« On zone dans le coin pour refaire le plein, finit par répondre Jenna à Alexa, qui était devenue sa meilleure amie deux mois plus tôt – elle changeait régulièrement de meilleure amie, au gré des endroits où ils séjournaient.

— Le plein de quoi ?

— Ben, de fric, de trucs de valeur, de fringues, de godasses, de bouffe, de casseroles, bref, de tout ce dont on a besoin. On va piller les maisons sédentes du secteur.

— Mes parents préfèrent nous prostituer, ma sœur et moi. Ils disent que c'est ce qui rapporte le plus et que c'est ce qu'il y a de moins dangereux.

— C'est des beaux pourris, ouais !

— Pas plus pourris que les tiens. Peut-être que ton père, il fait partie de mes clients. »

Ce furent les dernières paroles qu'elles s'échangèrent. La fraîche amie de l'hiver à peine fini sortit de la caravane en claquant la porte. Jenna ne la regretta pas, d'abord parce que le statut d'itinérante interdisait les relations au long cours, ensuite parce que, dans le fond, elle ne l'appréciait pas tant que ça, sa nouvelle copine de neige ; et même, si quelqu'un l'avait interrogée à propos d'Alexa, elle aurait avoué sans trop de difficultés qu'elle ne pouvait vraiment pas la blairer.

« Faut vous magner le cul, les filles ! »

Ainsi s'exprimait le grand Kwann, surnommé Kdal parce qu'il finissait souvent ses phrases par les mots « que dalle » compactés en une seule syllabe : *Si tu m'prêtes pas ton flingue, t'auras kdal. Si tu m'refiles pas à boire, t'auras kdal. Si tu vas à la rave, tu vas pêcho kdal. On m'a dit qu't'avais chauffé Armuride pour kdal ? J'te préviens, spèce de pou, elle est à moi, l'Armuride, si j'te vois encore une fois la r'nifler comme le clebs pouilleux qu't'es, j'te baisse ton fute et j'coupe tout c'qui dépasse d'entre tes cuisses de moineau, compris ? Il te restera kdal. Kdal.*

« L'entre-deux dure à peine quinze jours. Après, la ca… qui… ca… cul… »

Les trois filles de la bande réussirent à ne pas éclater de rire. Kdal détestait le mot canicule, et le mot canicule le lui rendait bien, ainsi que quelques autres mots en *ule*, en *ide* et en *ade* de quatre syllabes ou plus.

« La chaleur, quoi ! Elle nous tombera dessus comme du plomb fondu. Vous avez vos flingues et vos recharges de balles ? Celles qui les auraient oubliés auront kdal au partage, j'vous préviens.

— T'inquiète, on a tout ce qu'il faut, répondit Jenna. On commence par où ?

— Tout là-haut, sur le causse, y a des domaines de ouf. J'sens qu'on va s'faire des cou…

— Tu parles trop comme un keum, Kdal ! Combien de vigiles ?

— Trois ou quatre. Ça fera peut-être un peu d'baston. Faudra pas s'faire choper. Sinon, ces salopards de confinés nous couperont en petits morceaux. »

Jenna connaissait Armuride, Zamara et Kdal depuis plusieurs années. Ils avaient déjà effectué plusieurs raids ensemble et ramené tout un tas de choses pour leurs familles. Les pères étaient partis explorer d'autres secteurs en compagnie de leurs fils en âge de se battre et les mères étaient restées avec les plus jeunes enfants dans le campement. Les errants n'avaient d'autres moyens que rapine et violence pour subvenir à leurs besoins. Leurs ascendants avaient perdu travail, maisons, terres et même existence légale pendant les épidémies successives qui avaient déferlé – et continuaient de déferler – sur la terre. La Grande Guerre climatique de 2072, qui s'était soldée par quatre milliards de morts et des territoires entiers ravagés par les radiations nucléaires, n'avait rien arrangé. L'humanité s'était divisée en deux grandes catégories : les sédentes, ou les confinés, ceux qui maîtrisaient encore la technologie et avaient érigé par endroits de véritables bunkers, et les nomades, ou les sauvages, les groupes plus ou moins importants qui bougeaient en fonction des saisons et des besoins. Lorsque les errants tentaient de pénétrer dans une zone protégée, ils étaient la plupart du temps accueillis par des milices surarmées et surentraînées, et décimés jusqu'au dernier.

Les miliciens poussaient ensuite jusqu'au campement pour massacrer femmes et enfants et incendier les véhicules. De temps à autre, la tendance s'inversait : les errants parvenaient à s'introduire à l'intérieur d'une communauté, tuaient et pillaient avec une violence inouïe jusqu'à ce que leur rage les eût entièrement consumés. Ils reprenaient aussitôt la route et parcouraient d'une traite des milliers de kilomètres, à la fois pour éviter les représailles et oublier les atrocités qu'ils venaient de commettre. Sans doute un esprit avisé aurait-il décelé dans ce déchaînement de barbarie la souffrance inconsolable d'avoir été rejetés par l'autre moitié de l'humanité retranchée dans ses bastions. Les uns s'étaient cloîtrés et avaient fermé leurs portes pendant que les autres subissaient de plein fouet les pandémies meurtrières, la famine et les ravages des conflits climatiques.

Jenna s'était elle-même abreuvée à la source de haine qui coulait dans les veines de ses parents, de ses frères, de ses amis, de tous les nomades, vieux ou jeunes, qu'elle rencontrait. Elle avait tué une bonne dizaine de sédentes depuis qu'elle était en âge de participer aux raids, et jamais elle n'avait hésité à leur tirer dessus, ni ne l'avait regretté. La survie d'un errant passait par une détermination et une férocité de chaque instant. Dans toutes les régions d'Europe où ils étaient installés pour l'été, sa famille et elle avaient combattu des patrouilles ou des cohortes de chasseurs chargés d'éliminer les « parasites », la « vermine » ou encore les « chiens errants ».

« On y est presque, dit Kdal.

— Putain, un vrai coupe-gorge, ton paradis pour sédentes ! », siffla Armuride, championne à plusieurs reprises de lutte lors des grands rassemblements nomades des solstices d'été.

Elle parlait de la haute grille de protection, probablement électrifiée comme le laissaient supposer les panneaux solaires disposés en rangées symétriques sur une colline et les fugaces traînées lumineuses qui fusaient le long de ses poteaux.

« J'dirais qu'c'est mieux pour nous, affirma Kdal. Comme ils se pensent protégés par leur foutu grille-pain, ils sont moins vigilants.

— Comment tu comptes t'arranger avec dix ou vingt mille volts ?

— T'inquiète, j'm'en occupe. Vous m'attendrez jusqu'à ce que je lui aie fait son affaire, à la grille.

— On croirait que tu parles d'une nana.

— Tu verras la différence quand je te ferai ton affaire, Arm.

— Rêve pas, le jour est pas encore arrivé.

— Il arrivera, tôt ou tard…

— Faudra que tu viennes m'enlever, mon mignon. Entraîne-toi un peu avant.

— T'as beau être la reine de la lutte, tu me fais pas…

— Ils sont combien là-dedans ? coupa Jenna, agacée par leurs sempiternelles chamailleries.

— Une centaine, à mon avis. C'est plutôt des fin de race, qui ont tout misé sur leur putain de technologie. M'est avis qu'on s'ra là-dedans comme des loups dans une bergerie. Bougez pas jusqu'à c'que j'revienne. »

Il s'éclipsa dans la nuit naissante. Les filles attendirent en silence, ruminant des pensées de plus en plus inquiètes. Les plans de Kdal se révélaient souvent foireux. Mettre cette communauté à sac ne serait certainement pas aussi facile qu'il le prétendait.

« Il s'arrange pas, murmura Zamara, la plus jeune du groupe.

— Qu'est-ce que tu veux dire ? releva Armuride avec une pointe d'agressivité.

— On m'a toujours dit que les hommes devenaient raisonnables avec le temps…

— Tu feras jamais un âne d'un cheval fougueux. »

Jenna reporta toute son attention sur les éclats lumineux sillonnant la clôture. D'énormes grappes d'étincelles dégringolèrent tout à coup du métal, puis le clair-obscur retomba sur les lieux. Elle comprit alors que Kdal était parvenu à ses fins.

« Ça va être à nous, les filles !

— On l'attend pas, le cheval fougueux ? »

À peine Zamara eut-elle posé sa question que Kdal surgit de l'obscurité.

« Allons-y. J'ai ouvert une brèche un peu plus loin.

— Hé, mais comment t'as pu couper l'électricité ? s'étonna Armuride.

— En créant un court-circuit.

— Faut bien que tu y mettes les mains pour le créer, ton court-circuit. T'aurais pu cramer comme un foutu insecte sur les braises !

— L'électricité me fait kdal.

— Même pas vingt mille volts ?

— Tu peux monter à cent mille si ça te chante ! J'y peux kdal, les filles, j'suis né comme ça. »

Se glissant par la brèche, ils passèrent de l'autre côté de la grille, imposante vue de près avec sa bonne douzaine de mètres de hauteur. Épaulant leurs armes, un Famas HK 416 pour l'une, une kalach AK-47 pour l'autre, un M16 américain pour Jenna et Kdal, ils se dirigèrent vers une première habitation. La nuit prenait ses quartiers, assiégeait les constructions, enveloppait les arbres et les buissons dans ses innombrables replis. Des aboiements retentirent dans le lointain et se rapprochèrent d'eux à grande vitesse. Ils s'immobilisèrent, mais ne discernèrent pas une forme, pas un mouvement dans l'obscurité de plus en plus dense.

« Fausse alerte, souffla Kdal.

— On n'a pas rêvé, pourtant ! grommela Armuride.

— Un vieux truc pour foutre les jetons. Les bruits sont fiftics… ticfifs…, pas vrais, quoi !

— Rudement bien imités en tout cas.

— Des putain d'enge… » Kdal prit son élan. « Enregistrements ! » Il sourit, ravi de s'être débarrassé aussi facilement d'un mot de cinq syllabes.

Ils atteignirent sans encombre la porte d'entrée de la première maison. Pas un bruit ne fissurait le silence.

« C'est désert, on dirait. »

Les ténèbres absorbèrent le chuchotement de Jenna.

« Y a des gens là-dedans, j'en suis sûr… » affirma Kdal.

Aucune poignée n'était visible sur la porte. Elle était probablement équipée d'un système électronique qui permettait de l'ouvrir à distance, et d'un blindage en acier d'une dizaine de centimètres d'épaisseur. Le genre de porte conçue pour résister aux explosifs, aux béliers et aux pieds-de-biche. Il valait mieux la contourner plutôt que s'acharner sur elle. Passer directement par le mur leur aurait pris moins de temps.

« Si toutes les baraques sont aussi bien protégées, vaut mieux qu'on s'casse et qu'on cherche ailleurs, suggéra Kdal.

— T'es pas persévérant, keum, rétorqua Armuride.

— Ça veut dire quoi, per… vé… sé… ?

— Que tu lâches l'affaire trop facilement.

— Comment tu comptes entrer là-dedans ?

— Pas forcément dans celle-là. On n'a pas fait le tour de toutes les maisons.

— M'est avis qu'elles sont toutes équipées de portes de ce genre.

— Puisqu'on s'est invités, autant essayer de ne pas repartir les mains vides.

— On peut aussi essayer de repartir sans avoir pris une balle dans le bide.

— On meurt tous à un moment ou… »

Un grincement prolongé interrompit Armuride. Jenna épaule son M16 et, l'œil collé à la lunette de vision nocturne, le maintint levé en direction de la porte en train de s'ouvrir. Son index se crispa sur la détente lorsqu'elle vit apparaître une forme rougeâtre. Elle eut besoin de quelques instants pour s'accoutumer à l'infrarouge et discerner la silhouette humaine, plutôt menue, qui continuait de s'avancer dans leur direction.

« Bouge plus ! aboya Kdal.

— C'est qu'un gosse ! s'exclama Zamara.

— Faites gaffe quand même. Gardez-le en joue. »

Jenna baissa son M16 et tira une minitorche de la poche de la veste sans manches qu'elle avait choisie à son lever pour inaugurer l'entre-deux. Ébloui par le faisceau lumineux, le gosse se protégea instinctivement les yeux de ses mains.

« Pas de lumière, Jenna, bordel ! gronda Kdal. Tu veux nous faire repérer, ou quoi ?

— Vous avez été repérés dès que vous êtes entrés dans notre communauté », fit une voix cristalline.

Kdal s'approcha de l'enfant emprisonné dans le halo de la torche et le fixa d'un air menaçant – l'air menaçant se traduisait chez lui par des yeux exorbités et un savant rictus comique plutôt qu'inquiétant.

« Pourquoi tes vigiles ne nous tirent pas dessus, alors ? »

L'enfant baissa les bras et garda les yeux rivés au sol jusqu'à ce que Jenna écarte le rayon lumineux de son visage. Alors, il leva sur les intrus un regard d'une profondeur intimidante. Jenna eut tout à coup la sensation de faire face à un vieillard piégé dans un corps de sept ou huit ans.

« Parce qu'il n'y a plus de vigiles.

— J'te crois pas ! vitupéra Kdal, à fond dans son rôle de méchant. Cherche pas à nous embrouiller, minot. On est là pour vous dépouiller, et, crois-moi, c'est ce qu'on va faire.

— Il n'y a plus personne ici, plus rien à piller. »

Le calme de l'enfant offrait un contraste saisissant avec la nervosité mal dissimulée de Kdal.

« Ah ouais ? C'est ce qu'on va vérifier.

— Ils sont partis où, les autres ? demanda Jenna.

— Morts. Nos défenses immunitaires sont devenues si faibles que nous vivons en permanence dans des pièces aseptisées. Mais ces précautions n'ont pas empêché un virus en principe inoffensif de nous décimer.

— Tu es le seul survivant ? »

L'enfant garda le silence quelques instants. Ses joues creuses et ses mains squelettiques rappelèrent à Jenna d'autres enfants entrevus sur les routes d'Europe, des réfugiés fuyant leurs terres devenues invivables. Rejetés à la fois par les sédentes et les errants, ceux-là vivaient en permanence en compagnie de la peur, de la faim, du froid et de la chaleur. Elle avait voulu partager la sympathie qu'elle ressentait pour eux, mais les membres de sa famille n'étaient pas prêts à entendre des mots comme mansuétude, humanité ou compassion.

« Nous sommes sept, je suis le plus âgé.

— On perd du temps ! glapit Kdal. Viens avec moi, Armuride. On va vérifier que ce moutard n'est pas en train de se foutre de notre gueule. Zamara et Jenna, vous restez ici avec lui et vous surveillez les environs. »

« Comment t'appelles-tu ?

— Jean.

— Ça existe encore, comme nom ? s'étonna Zamara.

— Si vous restez ici, les six autres et toi, vous finirez par crever de faim. »

Jean hocha la tête. L'enfant qu'il était réapparaissait par instants dans ses yeux, sur son visage, dans ses gestes, dans ses sourires.

« Si nous sortons de nos bulles, nous mourrons dans très peu de temps. Je prends déjà des risques considérables à simplement vous parler.

— Pourquoi ?

— Vous êtes peut-être porteuses de virus qui sont inoffensifs pour vous et mortels pour nous. Bon nombre d'entre eux se transmettent par la voie orale.

— Alors vous êtes de toute façon condamnés à mourir. »

L'enfant fixa tour à tour ses interlocutrices avec un sourire indéchiffrable avant de répondre :

« Nous le sommes tous.

— C'est vrai, mais je ne suis pas pressée. » Jenna fixa son attention sur la porte entrebâillée. « Je me demande ce qu'ils foutent, là-dedans. Y a des pièges ?

— Des enfants ne peuvent pas concevoir ni installer de pièges.

— Eux peut-être pas, mais les hommes qui habitaient ici, ça se pourrait bien… »

La lumière des étoiles ruisselait sur la voûte céleste et retombait en flaques argentées sur les reliefs environnants.

« Vous n'en avez pas assez de bouger sans cesse d'un coin à l'autre, de ne pas avoir d'endroit où vous installer ? »

Déconcertées par la question de Jean, les filles se consultèrent du regard, puis, après avoir pris une profonde inspiration, Zamara se lança :

« Si, j'avoue. J'aimerais que ma famille ait une maison à elle où on pourrait se regarder grandir.

— Ouais, moi aussi, renchérit Jenna. Je kifferais d'avoir une vue sur la Méditerranée, ou sur l'océan, enfin une étendue d'eau sans limite.

— Du premier étage de cette maison, on voit la mer par tous les temps, précisa l'enfant.

— Ah ouais ? Mais, là, on verra kdal, il fait trop noir.

— Restez là jusqu'à demain matin et vous pourrez constater par vous-mêmes.

— T'es ouf, toi ! On est venus là pour massacrer, vandaliser, piller, pas pour admirer le paysage, ni pour passer la nuit dans ta foutue baraque.

— Puisqu'il n'y a rien à piller et pas grand monde à massacrer, autant en profiter pour se faire un petit plaisir. »

Jenna braqua de nouveau le rayon de sa torche sur le visage de l'enfant, qui, cette fois, soutint sans ciller l'intensité de la lumière.

« T'es qui au juste ? Un salopard de manipulateur, comme il y en a tant chez les sédentes ?

— Restez avec nous jusqu'à demain matin, et, si l'expérience vous a plu, je vous ferai une proposition.

— Ouais, pour qu'on se réveille demain matin égorgés par tes miliciens ou attachés à un poteau ?

— De toute façon, on prendra pas de décision sans les autres, intervint Zamara. On est venus à quatre, on fait tout à quatre, c'est comme ça chez les itinérants. Je me demande d'ailleurs pourquoi ils traînent autant.

— J'ai bien ma petite idée sur la question...

— C'est quoi, ton idée, Jenna ? »

La voix grave de Kdal avait résonné comme un coup de tonnerre dans leurs dos. Lui répondit en écho le rire étouffé d'Armuride.

« Depuis le temps que vous vous cherchez tous les deux, vous avez fini par vous trouver, je me trompe ? » avança Jenna.

Kdal et Armuride apparurent dans le halo de la torche, se tenant par la main, ébouriffés, dépenaillés, rouges, comme s'ils venaient de se livrer une lutte acharnée.

« Faut dire, la maison est géniale, les chambres grandes, les lits confortables, plaida Armuride.

— Vous avez pas vu les autres gosses ?

— Ben si, c'est même eux qui nous ont conduits à la chambre, précisa Kdal.

— Personne d'autre ?

— Rien que les six gosses et pas beaucoup de réserves de bouffe. À peine de quoi tenir un mois pour dix. Après, on a un peu oublié pourquoi on était là… »

Les éclats du rire tonitruant d'Armuride contaminèrent Kdal, dont l'hilarité se propagea jusqu'à Jenna et Zamara, qui se gondolèrent à leur tour. Ils emportèrent enfin le petit Jean, qui, à en croire ses premiers enrayages, ne s'était pas esclaffé de la sorte depuis bien longtemps.

« Justement, dit Jenna après que tout le monde eut recouvré son sérieux. Jean nous propose de rester dans la maison pour la nuit, comme ça, on pourra voir la Méditerranée demain matin.

— Moi, j'trouve que c'est une putain de bonne idée ! approuva Kdal.

— Les parents vont gueuler si on leur ramène kdal.

— On leur dira la vérité : les maisons étaient abandonnées et y avait rien à ramener.

— Rien ? Kdal tu veux dire…

— Rien. J'suis plus Kdal à partir de ce soir. J'redeviens Kwann.

— Eh ben, en voilà, du changement ! »

Ils restèrent un long moment sans dire un mot, les yeux levés sur les étoiles, sans se rendre compte que les rafales sifflantes, encore chargées des souvenirs tout frais de l'hiver, leur mordaient la peau sous leurs vêtements d'entre-deux.

Ce fut Jenna qui brisa le silence :

« Bon alors, on est tous d'accord pour rester ici cette nuit ? »

Ils acquiescèrent tous les quatre de hochements de tête étonnamment synchrones.

Petit Jean n'avait pas menti. Du balcon de la chambre se dévoilait la Méditerranée aussi bleue que le ciel et aussi scintillante que la voûte nocturne piquetée d'étoiles. Jenna contempla le panorama pendant deux bonnes heures sans interruption, fascinée par la splendeur des lumières, l'harmonie des couleurs délayées par les voiles de brume et le parfum d'éternité qui se dégageait de l'ensemble.

Elle n'entendit pas Zamara entrer.

« Petit Jean m'envoie te chercher. »

Jenna ne se retourna pas.

« Dis-lui que c'est pas la peine que je descende. J'ai pas envie de m'arracher de ce que je vois. Je sais ce qu'il veut. Nous proposer de rester ici pour veiller sur lui et les autres enfants. Seuls ils ne pourront pas s'en sortir. Ils ont besoin de notre vitalité pour assurer leur approvisionnement et leur sécurité. En échange, nous nous installerons dans leur petit paradis, nous aurons enfin un chez-nous. Dis-lui que je suis d'accord. À cent pour cent. Rappelle à Kda… à Kwann et Armuride que la loi des errants nous autorise à prendre notre autonomie pour créer un nouveau groupe. Nous avons l'âge, il ne nous manque que trois personnes pour atteindre le nombre légal minimum de sept. On n'aura aucun mal à en convaincre trois, et plus même. J'en connais un paquet de nos âges qui en ont ras le bol de migrer tous les hivers et tous les étés.

— Tu crois peut-être que nous trois, on pense comme toi ?

— Aucun doute là-dessus. »

La plus jeune de la bande vint s'accouder aux côtés de Jenna sur le balcon pour contempler la mer et le ciel qui s'emmêlaient à l'horizon.

— Et t'as raison, putain, t'as raison ! » s'exclama Zamara en lui ébouriffant les cheveux.

2

L'Arche de Bertrand

PAR SANDRINE COLLETTE

Ce fut au moment où l'ange apparut dans le ciel que Bertrand* eut un brusque geste de recul. Les yeux roulant dans leur orbite, il chercha le piège. C'était indubitablement une plaisanterie – les anges, cela n'existe pas. Une plaisanterie stupide, parce qu'il avait franchement eu la trouille quand Gabriel (c'était Gabriel, il en était certain) s'était matérialisé devant lui. Il lui avait fallu quelques secondes pour retrouver un rythme cardiaque normal et se dire que sa femme était derrière tout cela. Elle avait le sens de l'humour, Léontine, bien que ça ne le fasse pas toujours rire (on n'a pas forcément les mêmes goûts dans un couple, hélas). Cela mis à part, l'ange était fichtrement bien

* Les prénoms ont été modifiés.

imité : on aurait dit un vrai. Et Bertrand retroussa les lèvres dans ce qui aurait pu être un sourire, attendant la suite.

Mais ce ne fut pas ce qu'il imaginait, pas du tout. Ce fut si différent, et si extravagant. Car soudain, les portes de la bergerie se mirent à trembler sous la voix de l'ange, les mots résonnèrent dans la campagne. Bertrand leva un sourcil, sa foi vacillant devant ce qui se déroulait sous ses yeux. Léontine ne pouvait pas avoir mis en scène *cela*. C'était trop énorme.

Voilà pourquoi lorsque l'ange eut délivré son message en entier et qu'il se tut, Bertrand sentit son sang se glacer. Plaqué contre le mur de la bergerie, il essayait de se remémorer les paroles de l'esprit en se disant que, bon sang, c'était bien un ange. Qui restait là et le regardait. Peut-être attendait-il une réponse, ou au moins un hochement de tête, un signe qui montrerait que Bertrand avait compris. Qu'il allait faire ce qu'on lui ordonnait. Mais Bertrand n'en était pas là. Il se demandait encore ce qui était en train de se passer, s'il avait bien entendu, si Léontine le croirait. Comment lui expliquer ce qui allait bouleverser toute leur vie. Il se demandait également : pourquoi moi ? Il s'apprêtait à bêler une protestation quand l'ange, qui lisait évidemment dans ses pensées, ajouta :

— Pour ta femme, ne t'inquiète pas, je vais lui apparaître et lui répéter ce que je t'ai dit, ce sera plus simple. Quant à ton autre question…

Il s'interrompit un instant, perplexe. À lui aussi, cela paraissait curieux. Mais ce n'était pas à lui d'en décider. Peut-être que Dieu avait manqué de discernement, cette fois. Après tout, Il vieillissait ; pour preuve, Il n'était pas venu Lui-même annoncer la nouvelle du déluge à Bertrand, comme Il l'avait fait pour Noé quelque quatre mille cinq cents ans auparavant. L'ange haussa les épaules et choisit finalement de ne pas répondre.

— Mais, euh…, murmura Bertrand en fouillant sa mémoire à la recherche de quelque chose qui le chipotait (petit, il avait participé plusieurs fois à la crèche vivante du village, au chaud avec les bêtes, où on avait raconté aux enfants la naissance du petit prodige, mais aussi la grande histoire qui avait précédé ; le déluge, il s'en souvenait. C'était tellement terrifiant).

— Oui ! s'exclama-t-il soudain parce que cela lui revenait. Il, euh… Il n'avait pas promis qu'Il ne le referait jamais ?

L'ange se détourna un instant et regarda une fleur.

— Ah oui ?

— Il me semble bien.

— Alors, Il a dû changer d'avis.

— Il peut ?

— Il peut tout (et en disant cela, l'ange courroucé contempla Bertrand encore une fois, et Bertrand comprit qu'il devait se taire).

— Bon Dieu, murmura-t-il.

L'ange tiqua et Bertrand baissa la tête.

— Pardon, souffla-t-il. Mais quand même… pourquoi est-ce qu'Il m'a choisi moi, un mouton ?

Il fallut quelques secondes à l'ange pour trouver les mots.

— Je ne sais pas. Parce que pour convaincre un couple d'hommes de chaque pays d'embarquer sur un bateau avant le déluge, un mouton, c'est mignon. On lui fait confiance. Plus qu'à un cochon, tu vois ? Un mouton, c'est sympa. C'est tout doux, tout rond.

— Mais c'est con, non ? Tout le monde dit que les moutons, c'est con. Alors encore une fois, pourquoi moi ?

— S'Il t'a choisi, c'est que cela doit être ainsi.

La conversation s'arrêta là et, en effet, ce fut ainsi.

Alors, sur l'arche amarrée à un solide ponton, Bertrand amena Léontine et leurs trois enfants et les installa sur de la paille fraîche. Les ayant mis à l'abri, il partit en quête des couples d'hommes et de femmes dans les presque deux cents pays du monde. Il avait une semaine pour les rassembler, c'était beaucoup trop court, cela lui piquait les yeux juste d'y réfléchir : Dieu lui donnait une mission et il n'arriverait pas à la mener à bien. Il se sentait dépassé. Il faut imaginer que vingt-quatre heures plus tôt, il était tout juste bon à faire des agneaux avec Léontine et finir en côtelettes – et d'un coup, il lui revenait de sauver le monde. C'était du lourd, trop lourd. Cependant, comme il avait toujours fait ce qu'on lui disait de faire, il partit. Et dès lors qu'il partit, il s'envola, il plana, il franchit les montagnes et les océans, il vit, à chaque place, le couple d'humains qu'il devait embarquer, et tout lui parut limpide. Cela l'enivra un peu, même s'il savait qu'il était sans doute aidé (et pas qu'un peu) par plus puissant que lui sur cette affaire. Mais quand même. *La force est avec toi*, se disait-il avec un sourire ravi tandis qu'il remplissait son arche de petits êtres tremblants. Il y avait de tout : boulangers, menuisiers, banquiers, paysans, informaticiens, potiers, électriciens, ingénieurs, jardiniers, professeurs, et même une bergère (et cela fit plaisir à Bertrand).

Le septième jour, il se mit à pleuvoir. Bertrand était prêt. Il largua les amarres et attendit. Bientôt, le monde fut submergé par les eaux et l'arche s'éleva au-dessus du toit des maisons et des granges, vogua sur les collines, surfa par-delà les falaises.

La terre disparut et fut entièrement noyée. Il n'y avait plus qu'eux. Chaque soir, quand sa femme et ses enfants dormaient, Bertrand allait en catimini écouter les conversations des humains terrés dans le bateau. Il les trouvait émouvants, effrayés et perdus, très différents de ce qu'il avait vu d'eux avant, quand ils gouvernaient l'univers. Ils se tenaient la main, s'encourageaient les uns les autres. Quand l'un d'eux se mettait à pleurer, épuisé et terrifié, les autres se précipitaient. Ils partageaient la nourriture prévue pour chaque jour, des fruits secs, du pain, des légumes, et ils remerciaient chaque fois le ciel avec une humilité nouvelle. Ils se soutenaient, se souriaient, commençaient à raconter des histoires quand la nuit tombait, pour égayer les longues soirées sombres. Bertrand s'allongeait derrière une cloison, les pattes sagement repliées sous lui, et fermait les yeux, se laissait bercer par leurs paroles comme par un ronronnement paisible. Et il se disait que Dieu ne s'était pas trompé : en terrassant les hommes, Il avait peut-être sauvé la Terre. Depuis le temps qu'on s'alarmait des sept, puis huit, puis neuf milliards d'humains qui peuplaient la planète, les réduire à quatre cents têtes de pipe était sans doute la meilleure solution.

Il faut dire que Dieu avait tout essayé avant cette extrémité. Il y avait eu les accidents nucléaires et la radioactivité chronique, les maladies comme la peste et le choléra, les virus (surtout le dernier), la pollution, les pesticides, les insecticides. Il y avait eu la fonte des banquises et le dérèglement climatique, les sécheresses, les chaleurs accablantes, les incendies gigantesques que les pompiers mettaient des mois à éteindre. Il y avait eu les torrents de boue, les mégatsunamis, les vents insatiables. Il y avait eu les forêts rasées, les animaux décimés, les écosystèmes bouleversés, les chaînes de survie brisées, les famines et le manque d'eau, les grandes migrations, les guerres civiles, et Bertrand s'arrêta là car son cœur palpitait d'angoisse. Il y avait eu tout cela, oui, et les humains n'en avaient pas tiré de leçon. À chaque catastrophe, ils avaient attendu, réparé vaille que vaille, guéri à la va-vite, colmaté les brèches, et ils avaient recommencé. À vivre de la même façon. Dans les mêmes excès, la même démesure, la même impossibilité à long terme. Alors, au fond, c'était qui le plus con ?

C'était bien, ce que Dieu avait fait là. C'était la seule façon que les humains comprennent. Bertrand ne savait pas s'il avait embarqué les meilleurs sur l'arche, mais ce qui était sûr, c'est que le choc les avait transformés.

Crut-il.

Après des nuits et des nuits sur le bateau, il entendit peu à peu les discours changer. Les humains se ragaillardissaient. Ils reprenaient courage. Ils chuchotèrent entre eux : *Qu'allons-nous faire, une fois que les quarante jours seront passés et que le mouton nous débarquera sur la terre ?* Au début, ils avaient dit : *Nous ne referons pas les mêmes erreurs,* et Bertrand avait poussé un soupir d'aise silencieux derrière sa cloison. Mais cela ne dura qu'un temps. Très vite, ils ajoutèrent : *Bien sûr, nous referons des enfants, plein d'enfants, pour peupler la Terre.*

Quelques soirs plus tard, ils dirent aussi : *Nous réinventerons l'électricité. C'est essentiel, l'électricité, pour la lumière. D'accord,* intervint un homme, *mais alors, est-ce qu'on ne pourrait pas avoir juste des cafetières électriques en plus ? Ça serait vraiment bien*. Une femme se leva : *Et il faudrait qu'il y ait des aspirateurs et des lave-linge pour nous simplifier la vie. C'est possible, ça ?*

Ainsi ils tombèrent d'accord sur beaucoup de choses, les cafetières et les aspirateurs, et également les télévisions, et les moteurs thermiques, pour se déplacer en voiture. Ils riaient ensemble ; ils étaient si peu aujourd'hui qu'ils pouvaient polluer autant qu'ils le voulaient. Et ils continuèrent : *D'ailleurs, nous reconstruirons des centrales nucléaires pour répondre à tous nos besoins. Nous referons des mégalopoles où chacun pourra courir, travailler aux usines, trouver de quoi manger dans des magasins où les repas seront tout prêts sous plastique, pour gagner du temps. Nous exploiterons la terre au maximum.*

Bertrand rejoignait les siens et ne parvenait pas à s'endormir, effrayé. Cela ne pouvait pas aller si vite, pas déjà. Le répit ne pouvait pas être aussi bref. C'était donc cela, la prise de conscience des humains ? Recommencer. Toujours pareil. C'est la mémoire qu'il aurait fallu leur enlever, pensait-il, puisqu'il n'y avait rien à attendre d'eux. Et il espérait un signe de Dieu. Dieu avait forcément entendu. Dieu ne pouvait pas le laisser se débrouiller de cela, ce n'était pas de son ressort. Bertrand regardait le ciel la nuit, les étoiles qui brillaient par millions, la Voie lactée dessinée telle une traînée de brume, et les humains ne pouvaient pas abîmer cela à nouveau.

Mais les jours passaient et Dieu ne fit rien.

Nous serons riches, disaient les humains le soir. *Nous recreuserons le sol pour trouver de l'or et du pétrole. Nous reconquerrons le monde, car c'est notre monde. Si certains s'opposent à nous, nous les tuerons. Nous rouvrirons des McDo, aussi. C'est bon, les McDo.*

La trente-neuvième nuit, tandis que Bertrand déglutissait à grand-peine derrière la cloison qui le cachait, l'un des hommes demanda : *Mais en premier, que ferons-nous ? Comment allons-nous survivre sur une terre où tout a disparu ?*

Et les autres répondirent : *Nous mettrons les moutons dans un enclos et ils feront des petits. Nous les mangerons un à un. Avec leur laine, nous tisserons des vêtements. Avec leur peau, nous assemblerons des manteaux et des chaussures. Avec leurs os, nous inventerons des outils. – Les moutons qui nous ont sauvés ? – C'est la loi du plus fort. C'est la loi de la nature.*

Longtemps après que les humains furent couchés, Bertrand était toujours accroché à la cloison, pétrifié. Il se revoyait tel qu'il était : une côtelette en latence. Il tremblait, à en croire qu'il était déjà tondu. Surtout, il écoutait.

Le silence.

Et on ne pouvait pas lui reprocher de ne pas prier de toutes ses forces pour que, cette fois encore, Dieu lui vienne en aide. Simplement, ça ne marchait pas. Il n'y avait personne à l'autre bout. Juste lui. Lui qui devrait prendre une décision avant que les eaux refluent et que l'arche accoste – bon sang, c'était demain. Alors il choisit d'un coup. Sauver la Terre n'était pas ce qu'il avait cru. Peut-être même que Dieu le testait à cet instant, pour voir s'il avait enfin compris. Et s'il avait bien compris, c'était énorme ; s'il se trompait, en revanche, ça serait un plantage comme jamais on n'en avait vu. Mais il n'avait pas le temps de tergiverser. C'était son instinct qui lui dictait ce qu'il fallait faire.

Bertrand réveilla Léontine et les enfants, les fit descendre dans le youyou mis à la mer. Son cœur battait à tout rompre. Il poussa la frêle embarcation du bout du sabot.

— Tout ira bien ! cria-t-il à mi-voix.

Aucun des humains enivrés par des rêves d'avenir n'entendit Bertrand revenir dans la soute. Aucun d'entre eux ne devina sa silhouette qui les contournait et trottait vers le fond du bateau. Personne ne dressa même l'oreille au moment où il y eut le *pop* caractéristique du bouchon de cale que l'on enlève, comme un bouchon de liège sur une bouteille de vin, et que l'eau s'engouffra avec lenteur, puis de plus en plus vite. Bertrand n'eut que le temps de retraverser le bateau en galopant. Lorsqu'il passa au niveau de la bergère endormie parmi les autres humains, il eut une hésitation et la réveilla d'un coup de sabot. Il l'emmenait. Les moutons ont besoin d'une bergère, c'est bien connu (et puis quand il serait fatigué, Bertrand pourrait peut-être s'asseoir dessus, qui sait ?). Ils sautèrent à l'eau et se mirent à nager vers l'est, là où Léontine devait les attendre.

L'instant d'après, l'arche disparut sous les flots. Cela fut si rapide que personne ne se rendit compte de rien.

Un joli soleil se levait à l'horizon.

3

Ne pas pleurer

PAR FABRICE COLIN

« J'aimerais éclaircir un mystère », lance Gaïa, penchée sur une table basse à la recherche d'une ultime chips de courgette. « Mais j'ignore comment formuler la question de façon adéquate. Disons que ça tourne autour de la notion de plaisir. D'accroissement de la puissance, comme disait je ne sais plus quel rêveur. »

Ricanement. « Friedrich Nietzsche, réplique une Miao imperturbable vêtue d'un imprimé argenté *Bip Bip et Coyote* et d'une jupe en skaï. Un pianiste moustachu devenu cinglé parce qu'un cocher fouettait un cheval. Cette passion pour la pensée humaine va finir par t'attirer des ennuis, ma belle. Oups, attends une seconde : on m'indique dans l'oreillette que c'est déjà le cas. »

Les retrouvailles ont lieu dans un bar rotatif, à l'avant-dernier étage d'une tour hongkongaise qui, l'espace de trois mois, a été couronnée plus haut building de la ville. La jeune femme qui vient de s'exprimer et qui, présentement, sirote un Mai Tai tiédi en triturant sa paille métallique, se prénomme Tornade. De temps à autre, elle jette des coups d'œil à la baie de Kowloon et, tels des éclairs dans un ciel tabassé, des fantasmes de destruction éminemment avouables lui traversent l'esprit. Elle en veut plus, Tornade, elle désire plus, plus fort, plus vite, plus vicieux, plus alarmant. Cette année, selon un décompte officiel, elle a tué 2 579 personnes, principalement aux États-Unis, dans les tropiques mais également – et c'est une première –, en Europe de l'Est. Elle a arraché des toitures, déraciné des pins de Douglas, envoyé valdinguer des pick-up vers les nuées, et des vaches, et des poubelles, et des fuyards un rien présomptueux dont on a fini par retrouver le corps désarticulé à deux kilomètres de l'endroit où ils avaient été vus pour la dernière fois. 2 579, c'est pas mal, pas mal du tout, même, mais le chiffre est largement sous-estimé selon elle, parce qu'il ne prend pas en compte le tsunami qui a frappé les côtes de Lombok, en Indonésie, lors du mois de mars dernier, et a fait au bas mot dix fois plus de victimes. Alors bon, serait-ce trop demander qu'on ajoute ça à son total ?

À son côté, non moins hautain, renfrogné : Peste, un post-ado acnéique qu'on dirait tout droit sorti d'un partiel de littérature comparée sur le thème « jeunesse et désastre ». Peste a posé sa casquette des Lakers sur l'accoudoir du sofa et se contente, pour sa part, d'un cocktail détox à base de coriandre et de concombre, et ça le fait bien rire, « détox », et ça fait bien rire les autres aussi car notre jeune homme, cette année, a une fois de plus remporté la timbale – de manière tout à fait officielle, on peut lui concéder près de 4,2 millions de morts à travers le monde, et chacun sait que le véritable chiffre est sans doute deux à trois fois supérieur. Peste tue de toutes les façons qui lui plaisent, et il se trouve que *toutes* les façons lui plaisent : futuriste, mystérieuse, médiévale, bêtement contemporaine. Si la pensée « est le bien suprême » (autre citation d'un autre philosophe mort, raillerait Tornade), il n'est guère de plus grand plaisir que d'en spolier l'humain de façon arbitraire, radicale et définitive. De fait, les victimes de Peste halètent sous respirateur, gémissent à l'heure où leurs entrailles se vident, où leur système cardiaque se détraque, se débattent pour la forme parce que leur température corporelle a grimpé à 41 °C en trente minutes et que rien ne semble pouvoir la faire redescendre, sans parler de ce fameux moment où elles se mettent à vomir du sang, ha, ha.

Il y a Mister Flood, aussi, un vieil Englishman à la Wodehouse – en nettement moins drôle, tout de même – qui ne cesse de tamponner ses yeux humides d'un mouchoir plié en quatre brodé à ses initiales, discrètement tiré de la poche droite de son veston côtelé. Quand il ne laisse pas entendre son délicieux accent du Kent, Mister Flood s'exprime par crues fatales et brusques montées des eaux, salons inondés et glissements de terrain « spécial journal de 20 heures », et c'est pour lui grande joie, aussi, que d'écouter des témoins incrédules sangloter face caméra, « en deux heures, j'ai tout perdu, tout ! », ce pendant que les fantômes de son tableau de chasse, à l'abandon, dérivent entre deux mers nouvelles, sondant les profondeurs de leur regard blanc-mort – bientôt, même ce blanc-là disparaîtra.

« Plus précisément, j'apprécierais que l'on parle de ce qui est en train de se passer en termes de, euh, développement des uns et des autres », ajoute Gaïa, ample mamma portoricaine suante et accablée, maquillée comme un Día de Muertos, des bijoux cliquetant à ses poignets chaque fois qu'elle esquisse un geste. « Pour être honnête, j'ai parfois le sentiment que la problématique de l'extinction de l'espèce a été quelque peu hystérisée. »

De retour du bar, Cho pose une bière devant elle mais pas de panique, il en a gardé deux autres pour lui. Cho est un interminable échalas aux cheveux rouges hérissés punk et à la peau cuivrée, on jurerait qu'il vient de passer trois ans dans la gueule d'un volcan en activité et il n'est pas interdit de penser que c'est le cas. Personne ne sait combien de morts au juste on est censé lui attribuer cette année, cela fait partie des décomptes impossibles à certifier, et c'est le même problème pour Foggy, huit ans, endormi plus loin sur un canapé de velours à qui l'on doit, c'est là un constat irréfutable, des centaines de milliers de cancers et d'AVC liés aux pesticides et aux particules fines, mais combien exactement : question du jour.

« Qu'est-ce que tu ne piges pas ? s'emporte Tornade, qui a du mal à dissimuler son irritation. La douleur ? On est désolés, mais c'est pour ton bien. Tel est le principe de n'importe quel traitement : il faut souffrir, du moins au début. Les anticorps attaquent. Le grand remue-ménage.

— Je sais, soupire Gaïa, se frottant le dos des mains sur ses cuisses éléphantesques. Je ne vous en veux naturellement pas. Je vais même vous confier une chose : je ne sens presque rien. Mais là n'est pas le problème.

— Explique-toi mieux, alors », siffle Tornade, à présent juchée sur l'accoudoir, et qui s'évente avec la casquette de Peste.

— « Hé, tranquille ? »

Le regard vide, Mister Flood continue à se tamponner le visage. Cho prend la parole. Comme à son habitude, il parle en se tordant les doigts, s'efforce de ne pas trop postillonner (sans succès) et devient plus rouge qu'une tomate traitée à l'acéphate.

« Tu sais, je crois que tu fais fausse route, en vérité, ça ne nous fait pas hyper bander, de nous débarrasser de ces guignols. Sur un plan existentiel / conscience de masse, s'entend. Car, en un sens, nous sommes leurs enfants. Ce sont eux qui nous ont créés, pas vrai ? »

Peste se cure les ongles avec un cutter trouvé on-ne-veut-pas-savoir-où. « Techniquement, c'est assez inexact – même en ce qui te concerne, mon pote. Fortifiés, oui, créés, même pas en rêve. Il est désormais établi que moult périodes de réchauffement climatique se sont succédé bien avant l'apparition de nos chers petits bipèdes sentients. Des virus sont apparus, des tornades ont parcouru les plaines, des inondations ont… » Il s'arrête un temps, notant le visage décomposé de Mister Flood. « Tu es vraiment trop émotif, papy. » Puis, se tournant vers le mignon Foggy qui, sur son canapé, émerge des brumes du sommeil. « Il n'y a guère que ce gamin dont l'existence soit intrinsèquement liée à celle des humains.

— Le méthane produit par les ruminants n'est pas le fait des hommes », observe Mister Flood en inspectant son mouchoir.

Gaïa vide la moitié de sa bouteille de bière en glougloutant sans retenue puis s'essuie la bouche d'un revers de main. « Vous êtes tous liés les uns aux autres. J'espère que je ne vous apprends rien. »

Tornade et ses comparses se jettent des coups d'œil furtifs. La grosse dame a raison ; ça les ennuie mais elle a raison. Sans réchauffement, moins d'inondations, moins d'épidémies, moins de tornades. Cho lève une main. « Pardon, est-ce qu'il ne faudrait pas plutôt dire que tout est lié à moi ? Je ne veux pas me mettre une fois de plus en avant, mais…

— On s'en tape, cingle Tornade. Je n'ai pas besoin qu'il fasse chaud pour raser un village merdique en République dominicaine. »

Gaïa joint les mains en prière. « Ma chérie, ma chérie… Oui, les hommes ont leur part dans ce que vous êtes : ils courent dans vos gènes, en quelque sorte, ils sont une part de votre âme, un genre de marqueur sanguin. Mais ce que j'essaie de vous expliquer, c'est que je… Je… »

Elle ferme les yeux, secoue sa grosse tête.

« Crache le morceau, siffle Peste. De toute façon, on sait très bien quand tu te mets à dérailler. Les yeux de cocker et tout. »

Gaïa le contemple, désemparée. « Je serais triste de les voir partir, voilà », lâche-t-elle de l'air de ceux qui ne savent pas ce qu'ils disent, achevant sa bière sans ciller, perdue dans ses humeurs, soudain – un monde intérieur fait d'océans noirs et de forêts sans limites.

« Si nous te comprenons bien, reprend Mister Flood, tu aimerais revenir sur les termes de notre accord. »

Gaïa s'étrangle en reposant sa bouteille. « Un accord ? Quel accord ? Je ne vous ai jamais demandé de les tuer jusqu'au dernier !

— Pas besoin, ricane Cho en déchirant l'étiquette de sa bouteille morceau par morceau. Ils se débrouillent tout seuls. Ils y mettent même une drôle d'application. »

Peste renifle avec dédain. « Qu'est-ce que tu préconises ? Qu'on cesse de s'amuser ?

— Qu'on s'amuse, mais dans le calme », raille Tornade.

La grosse dame secoue la tête. « Je ne vous demande pas non plus de *tout* arrêter. » Du poing, elle se frappe la poitrine, observe le luminaire en forme de baleine suspendu au-dessus de leur tête. « Vous me connaissez, je n'ai rien contre la mort et l'extinction : à un degré intime et nécessaire, elles font partie du processus. Je pense cependant…

Je pense que les humains méritent encore une petite chance, oui. »

Tornade laisse échapper un hoquètement qui aurait pu être un rire, mais finalement non merci. Elle repense à cette école qu'elle a rasée l'autre jour, dans l'Oklahoma. Huit morts, 47 blessés. Elle aimerait savoir ce que « humains » veut dire. De quoi cette incongruité est-elle le nom ? Pas plus que ses semblables, elle ne comprend les cris, les larmes, la terreur de ces créatures. Les hommes n'ont-ils pas ce qu'ils désirent ? Comment établir un lien de causalité valide entre les fumées d'usine et les slogans des protestataires, les sacs plastique dans les tortues luth et les panneaux « ne pas jeter », les réunions d'actionnaires bedonnants et les cancers du poumon stade IV, les traces d'avions dans le bleu du ciel et les crises d'asthme du bébé ? Qu'est-ce qui fascine tant Gaïa, là-dedans ? Prend-elle du plaisir à ce déploiement d'absurdité létale ? Se repaît-elle au spectacle de sa propre et inéluctable dégradation ?

« Ils me réifient, reconnaît la grosse dame, se renversant sur son fauteuil. Ils m'imaginent, ils psalmodient mon nom, ils me chantent, ils m'invoquent, ils me peignent – ils organisent des conférences, et même dans les écoles maternelles…

— Tu pourrais parfaitement vivre sans eux, la coupe Cho. Tu le faisais bien avant.

— Tu t'es accoutumée, renchérit Tornado. C'est une addiction.

— Une authentique lubie, ose Mister Flood. Au même titre que la connaissance de soi ou les vannes mobiles de Venise. »

Il se lève, d'un coup, lisse son veston et s'éloigne, tête basse.

« Où vas-tu ? lui demande Gaïa.

— Aux toilettes ? »

La grosse dame se tourne vers les autres. Les gens qui veulent votre bien sont-ils forcément vos amis ? Les gens qui vous font du mal ont-ils conscience de vous en faire ?

« Toute la question, déclare Peste, est de savoir si notre Mister Flood va pisser ou chialer. Dix dollars sur “pisser”.

— Tenu », répond Cho en vérifiant le contenu de son portefeuille.

Pendant un moment, plus personne ne dit rien. Sur quoi le petit Foggy, qui s'est réveillé pour de bon, s'avance vers eux en titubant. « Foggy sommeil. Foggy veut rentrer. »

Gaïa tapote la place à son côté. « Viens t'asseoir, mon chéri. C'est bientôt fini. »

Tornade hausse un sourcil. « La même chanson sempiternelle, putain… On travaille pour toi, on fait tout ce que tu nous demandes, on déracine, on contamine, on submerge et au final, wouf, wham, plouf ! les reproches. Tout ça au nom de quoi, déjà ? Comment s'appelle ce truc que tu éprouves pour les humains ? »

Gaïa a posé son bras autour du petit Foggy. « Quelqu'un sait où habite ce petit trésor ?

— Partout », dit Peste.

Sous la porte des toilettes, une eau grise commence à couler. Des clients se sont plaints, le manager a été prévenu, il tambourine : « Monsieur ? Monsieur, tout va bien là-dedans ? »

« Formidable…, gémit Gaïa. Voilà que ça le reprend. »

Tornade se frotte vigoureusement la nuque, puis se lève à son tour. « Je vais prendre l'air », annonce-t-elle.

Elle sort sur la terrasse, embrasse un moment les lumières clignotantes puis, sans que rien n'ait pu le laisser présager (il faudrait la connaître), saute d'un bond sur le parapet avant – chaises renversées, bras vainement tendus, hurlements d'effroi – de disparaître avec la première bourrasque.

« Youpi, murmure Foggy, qui n'a rien perdu de la scène. Youpi. Tout le monde s'en va, c'est ça ? »

Gaïa le serre plus fort contre lui, et hoche le menton vers les deux qui restent. « Pourquoi est-ce que ça se termine toujours comme ça ?

— Il faudrait peut-être te poser les vraies questions », répond Cho. Sur quoi, marmonnant quelque chose à propos de son gosier en flammes, il se dirige vers le comptoir, laissant sur le sol de béton ciré des traces de pas incandescentes.

Peste tousse derrière son poing. Au côté de Gaïa, le petit Foggy, de plus en plus impatient, se tortille comme une anguille. « Il en met du temps, papy ! fait-il, montrant la porte des toilettes. Quel gros bazar. » Depuis quelques minutes, des gens se mettent à tousser, autour d'eux. Ils semblent les premiers surpris. « S'il te plaît, souffle la mamma au petit garçon. Ne fais pas ça. » L'air innocent, Foggy pose un index sur sa poitrine. « Moi ? » Ailleurs, au même moment : des brouillards plus denses qu'une purée de pois, des légions de Coréens bardés de masques chirurgicaux, des moineaux du Sind tombant du ciel.

Attendant son verre, seul, Cho pianote sur le comptoir. Une fumée âcre commence à lui sortir des narines. Il jure à voix basse, se bouche le nez, essaie ce qu'il peut. La dernière fois, l'alarme incendie s'est déclenchée.

Peste se mord le pouce. Gaïa se détourne. Ne pas pleurer. Ne pas pleurer. De quoi aurait-elle l'air ? Ils s'en vont, l'un après l'autre. Vexés, blessés et inutiles. Comment leur en vouloir ? C'est vers les humains qu'elle doit tourner sa colère. Incurables, détestables – adorables humains. Merde, cette manie pathologique de considérer les choses sous l'angle du désir pur, cette impossibilité manifeste à ne pouvoir laisser les choses simplement *être*…

Peu à peu, une torpeur l'envahit. Ne pas penser non plus. Dans le secret de son âme grossière, sous l'épaisseur des multitudes, loin des calculs et des admonestations, elle se laisse tomber vers les temps d'avant : ceux où les hommes étaient encore des singes, où ils fabriquaient de simples feux, où leur stupide intelligence ne menaçait rien. Des temps sans réflexion, en somme, sans passé ni avenir.

Elle tressaille. La grosse dame aux ongles noirs, à l'haleine jurassique, qui a transformé l'instinct des hommes en conscience et leurs rêves inoffensifs en pensées. Mince, voilà qu'elle se sent coupable, maintenant ! Et cette question de Tornade, qui ne cesse de résonner en elle… *Comment s'appelle ce truc que tu éprouves pour eux ?*

4

Le Projet POLLEN

PAR TATIANA DE ROSNAY

23 février 2039

Maman, papa, mes parents chéris,

Lorsque vous recevrez cette lettre, je serai déjà loin. Pardon pour l'écriture atroce, mais j'ai très peu de temps et je griffonne à toute vitesse dans la pénombre. J'ignore quand est-ce qu'on pourra se revoir, mais ne vous inquiétez pas ! Je suis en sécurité. J'ai pris toutes mes précautions. Et quand ils débarqueront chez vous, parce qu'ils viendront, je le sais, n'ayez pas peur. Il vous suffira de leur dire que j'ai disparu et que vous n'avez aucune idée d'où je pourrais être. Ce qui est vrai, après tout !

Cette lettre, il faut la déchirer, la brûler. Comme au bon vieux temps de votre adolescence, dans les années 1980 ! Ils vont fouiller, chercher dans vos mobiles, vos ordis. Pas de souci, je me suis occupée de tout. Ils ne trouveront là rien de compromettant, ni dans le téléphone de Jess. (Embrassez-la bien fort pour moi ! Dites-lui que sa grande sœur se met à l'abri pour un certain temps, par sécurité. Elle comprendra, je le sais.)

Vous devez vous poser tant de questions, mais comme je suis tellement pressée, je peux juste vous dire ceci : vous allez être fiers de moi. J'ai pris des risques inouïs, mais c'est pour la bonne cause. Et quoi qu'il advienne, il faut que vous sachiez que je recommencerais, si c'était à refaire.

Je vous embrasse tendrement.

Je vous recontacterai dès que je le pourrai.

Votre fille qui vous aime.

Élise

15 mars 2039

Mes petits parents chéris,

J'espère que vous n'avez pas été trop inquiets pendant ce long silence ! La personne qui vous a remis cette nouvelle lettre est une alliée précieuse. Ne lui posez aucune question. Ayez confiance. Elle fait partie, comme moi, de cette nouvelle résistance. Je vais bien et je suis à l'abri. Ils ne me trouveront pas même s'ils n'ont pas cessé de me chercher. Rassurez-vous !

Lorsque j'ai été embauchée il y a deux ans pour intégrer BEEWARE, j'étais, vous vous en souvenez, la plus jeune scientifique de ma promotion à avoir été acceptée dans ce groupe prestigieux. J'étais fière et honorée de faire partie de cette firme célèbre. Oui, vous vous en êtes doutés, ce n'était pas facile de me faire à la résidence de travail dans laquelle les jeunes scientifiques devaient vivre. BEEWARE apporte beaucoup d'avantages, un bon salaire, jouit d'une réputation planétaire, mais l'envers du décor est tout autre. La résidence dans laquelle nous vivions était certes confortable, mais nous étions fliqués en permanence. C'était insupportable. C'est pour cela que vous n'avez pas eu de mes nouvelles, au début. Et puis, j'avais signé une charte comme quoi je ne pouvais rien divulguer sur ce que nous vivions dans la résidence. Il fallait se taire, et bosser. Bosser comme des fous.

J'ai été recrutée par BEEWARE pour mon expertise en ce qui concerne nanosciences et nanotechnologies, les outils du monde de l'infiniment petit. Ma spécialité et ma passion, comme vous le savez si bien. Le programme BEEWARE, de l'extérieur, se veut généreux et altruiste, puisque la sauvegarde des abeilles est son enjeu majeur. Moi aussi, je suis tombée dans le panneau, j'ai cru que mon travail entier tendait vers cela, sauver les abeilles, en danger depuis des années, et donc sauver la biodiversité. Je me sentais animée par le désir d'aider, de me battre.

Mais petit à petit, j'ai commencé à avoir des doutes. Il se passait des choses louches chez BEEWARE. Des desseins clandestins, et qui n'avaient rien d'altruistes, bien au contraire.

Je dois vous laisser, chers parents, pour le moment. Je vous écris à nouveau bientôt, par le même réseau. Soyez patients.

Faites-moi confiance.

Embrassez Jess !

Votre Élise

P.-S. : Brûlez cette lettre.

4 avril 2039

Mes petits parents adorés,

Comme vous me manquez, Jess aussi ! Je rêve d'entendre le son de votre voix, de vous étreindre.

Ici tout va bien. Je suis sur un autre continent, mais vous n'avez pas besoin de savoir où. J'ai donc assez vite compris que l'ambitieux projet sur lequel je travaillais, nommé le Projet POLLEN, dissimulait une autre vérité. Évidemment, je ne pouvais en parler à personne. En tant que scientifique, j'avançais dans mon domaine spécifique, c'est-à-dire que j'étais capable de construire des laboratoires perfectionnés à l'échelle de l'infiniment petit. Je vous avais fait rire, je m'en souviens, en vous expliquant que tout ce que je mettais en œuvre tenait dans un grain de riz ! Ma spécialité est de fabriquer des nanorobots, des minidrones de 5 millimètres de long, ayant la forme d'abeilles. Ces nanorobots sont capables d'effectuer le même travail que nos pauvres abeilles défaillantes et mourantes, c'est-à-dire récolter et déposer du pollen de fleur en fleur. Ce qui permet de sauver notre biodiversité, tout simplement ! J'ai programmé ces drones avec mon équipe pour qu'ils puissent butiner, reconnaître des parfums, des odeurs, des plantes. Lorsque nous avons lâché nos premières nanoabeilles dans la nature, ce fut un moment inoubliable. Les résultats furent incroyables, au-delà de nos espérances. Vous avez dû voir ces vidéos où les vraies et fausses abeilles se côtoient en toute harmonie pour travailler ensemble. Du coup, les colonies d'abeilles ont pu se reformer, même s'il y a encore tant à faire.

Je n'avais pas le droit de communiquer sur ces merveilleuses nouvelles, et c'était très frustrant. Du coup, vous n'apprenez que maintenant par ces lignes que votre fille est à l'origine des drones abeilles, avec ma fabuleuse binôme new-yorkaise, Skylar, qui elle aussi a dû se mettre en sécurité, suite à ce que nous avons décidé de faire. Elle n'est pas avec moi, et je prie qu'elle soit bien à l'abri de son côté.

Mais la suite de l'histoire est sombre. Je vous la livre dans ma prochaine lettre.

Je vous en prie, n'oubliez pas de brûler celle-ci.

Je vous écris dès que je peux.

Je vous aime et Jess aussi.

Votre Élise

6 mai 2039

Mes parents de mon cœur,

Pardon pour cette attente. Mais c'est difficile et périlleux de vous contacter. J'ai dû trouver un autre réseau, en catastrophe. L'autre n'était plus sûr. Je vais maintenant vous expliquer pourquoi Skylar et moi avons dû prendre la fuite. Au moment du lancement du Projet POLLEN, nous étions certaines de nous retrouver au sein d'une formidable équipe de scientifiques tout aussi dévoués que nous. Mais nous avons vite compris que ce n'était pas le cas. Nos nanoabeilles, censées protéger la planète, avaient été infiltrées à notre insu. Par qui ? Certainement des membres haut placés de BEEWARE qui n'avaient pas hésité à sombrer dans la déloyauté.

Nous avons découvert, horrifiées, que notre logiciel spécifiquement créé pour piloter les nanoabeilles avait subi un paramétrage secret pour endosser un rôle bien plus obscur : tout d'abord espionner, enregistrer et filmer, puis, être capable d'injecter par des piqûres indolores toutes sortes de substances, et notamment des biopuces. Ces dernières peuvent, comme vous le savez, effectuer certaines fonctions dans le corps, comme réguler l'endormissement, l'activité musculaire, la parole, mais elles peuvent hélas être détournées et programmer des maladies irréversibles, voire la mort. Nous étions en train de comprendre, atterrées, que nos abeilles piratées pouvaient modifier non seulement l'ADN mais la personnalité et la vie d'innombrables êtres humains à leur insu. Le choc ! Nous avions très peu de temps pour réagir. Chacun de nos gestes était épié. Il fallait modifier le paramétrage sans que nos adversaires s'en rendent compte. Il fallait redonner à nos minuscules drones leur rôle primordial : sauver la planète et la biodiversité. À la dernière minute, alors que, désespérées, nous pensions échouer, nous avons pu compter sur des alliés inattendus et extraordinaires. Ils ont risqué leur vie. Nous avons réussi à brider le logiciel usurpé et à le rendre imprenable, mais nous avons été identifiées et nous avons dû prendre la fuite, en pleine nuit. Il s'en est fallu de peu. Nous sommes face à des ennemis de l'ombre, impitoyables, puissants et malveillants qui représentent une attaque permanente contre nos valeurs, contre notre démocratie, contre tout ce que vous m'avez inculqué. Tant qu'ils ne seront pas démasqués, je dois rester cachée.

Vous savez tout. Je suis loin, mais vous êtes dans mon cœur.

Je vous aime, plus que tout, et ma Jess aussi.

Votre Élise

15 juillet 2039

Chers Monsieur et Madame M.,

Vous ne me connaissez pas, mais moi j'ai l'impression de vous connaître tant votre fille m'a parlé de vous. Je suis Skylar, son binôme. Votre fille est une personne extraordinaire. Je n'ai jamais rencontré une jeune femme aussi courageuse, aussi brillante. Je sais qu'elle a dû vous raconter les raisons de notre fuite.

Je vais aller droit au but. Le mois dernier, Élise a été blessée par nos ennemis, déterminés à la récupérer. Car il n'y a qu'elle pour avoir accès au logiciel du projet POLLEN. Elle va mieux, mais elle est faible. Elle est entre de bonnes mains, soyez rassurés. Elle m'a chargée de vous écrire.

Nous avons la chance de bénéficier d'un réseau de plus en plus vaste et sûr. La résistance est en route, plus forte que jamais. Nous mettrons BEEWARE à terre. Nous sommes déterminés à les empêcher de nuire. Le futur de notre planète en dépend.

Les abeilles sont toujours en vie grâce à nous. Les nanoabeilles d'Élise font des miracles. Nous continuerons à mettre tout notre savoir au service de la planète, pour la protéger. Je suis loin d'être la seule jeune scientifique à l'affirmer. Nous sommes une immense armée qui se lève pour protéger la Terre.

Je vous joins une photo récente d'Élise et moi. Vous voyez, elle n'a pas perdu son beau sourire malgré ses blessures.

(Et, oui, vous l'avez compris, nous nous aimons.)

J'espère à bientôt !

Élise vous embrasse et moi aussi.

Skylar

5

Un loup pour l'homme

PAR NICOLAS LEBEL

Une lumière ocre s'échappait de l'entrebâillement de la porte, une ligne verticale, ténue et fascinante. Du haut de ses dix ans, et aussi loin qu'il se souvenait, Noé avait toujours vu fermée la porte de cette pièce lorsqu'il passait des vacances dans la maison de papi Tom et Mamila. L'endroit lui était interdit depuis toujours. C'était le bureau de papi Tom et seuls les adultes, sa mère exceptée, y entraient. C'était *comme ça*. Depuis l'âge des pourquoi, Noé avait tenté de percer le mystère de la « pièce de papi Tom » et les réponses avaient varié au fil du temps.

« Il y a des objets très fragiles auxquels papi Tom tient beaucoup », lui avait simplement expliqué Mamila lorsqu'à cinq ans, il avait posé la question pour la première fois. La phrase n'avait pas manqué d'exciter l'imagination du petit garçon quant au passé de son grand-père.

Certainement aventurier, chercheur de trésors, ou pirate même, il avait rapporté des quatre coins du monde et du fond des océans, des reliques, des bijoux, des bibelots précieux qu'il ne pouvait exposer aux yeux de tous. Noé en avait été persuadé pendant tout un moment : il y avait derrière cette porte une salle au trésor.

« C'est sa pièce à lui et je ne veux pas que tu y ailles ! » avait tonné sa mère lorsqu'il avait six ans. Les images de trésors s'étaient troublées pour laisser place à un effroyable secret, une pièce sombre où personne n'allait jamais, où papi Tom s'enfermait seul, loin des regards. Noé n'aimait pas cette réponse, surtout parce qu'elle faisait de papi Tom un être solitaire et inquiétant, ce qu'il n'était pas. Son grand-père était un homme jovial qui ne s'emportait jamais. À part peut-être contre sa fille. Noé se souvenait avec frayeur de repas sulfureux où sa mère et papi Tom s'étaient crié dessus, à tel point que Mamila et papa avaient dû intervenir. Maintenant, Noé venait seul chez ses grands-parents. Son père et sa mère ne les voyaient qu'à Noël et aussi pour l'anniversaire de Mamila. Deux fois dans l'année. Pour l'anniversaire de papi Tom, ses parents ne venaient plus.

« Ce n'est pas une pièce pour les enfants », avait calmement expliqué son père. Si Noé avait accepté cette réponse à sept ans, il lui semblait aujourd'hui qu'à dix, bientôt onze, on n'était plus complètement un enfant et qu'on pouvait entendre certaines choses. D'ailleurs, la dernière réponse en date avait enterré ses chimères concernant les trésors, les voyages de papi Tom, ses abordages de galions dans l'océan Indien :

« C'est là qu'il garde ses fusils », avait dit Mamila quelques jours plus tôt. L'évocation du danger des armes à feu avait éteint l'imagination du petit garçon et suspendu son questionnement. Ce n'était pas un secret. Papi Tom était chasseur. Depuis son plus jeune âge, il se souvenait de l'avoir vu partir avec son fusil, certains matins, dans la brume épaisse pour sillonner la campagne qui s'étendait autour de la demeure isolée. Il coupait à travers champs, à travers bois, pour traquer un lièvre, un faisan qu'il ramenait à la maison, le soir tombé. Noé avait demandé à l'accompagner à plusieurs reprises, mais papi Tom avait ri, imaginant ce que sa fille lui ferait s'il emmenait un jour Noé à la chasse. Déjà qu'elle ne venait presque plus… Peut-être interdirait-elle à Noé de revenir le voir.

Le petit garçon n'avait pas insisté ; les promenades dans la forêt en compagnie de son grand-père, en fin de journée, avaient suffi à sa joie toutes ces années, quand ils se retrouvaient seuls tous les deux en pleine campagne, au milieu des bois, quand l'homme lisait au sol dans les traces invisibles le quotidien d'une famille de sangliers, les amours d'un couple de cerfs, le dîner d'un renard et la malchance d'un mulot. Sous l'œil de papi Tom, la nature autour d'eux, silencieuse, renfermée, livrait tous ses secrets, toutes ses histoires, s'animait de mille trames, de mille vies. L'éraflure d'un tronc, le grattement de la terre, la brindille cassée racontaient les intrigues, les ardeurs, les destins qui se jouaient sous les frondaisons, et célébraient la vie. Pendant des années, Noé et son grand-père avaient ainsi marché des heures à travers bois pour ne revenir qu'à la tombée du jour, lorsque le soleil couchant chargeait le ciel de sang.

Puis un jour, alors qu'il avait neuf ans et qu'il était venu retrouver ses grands-parents, tout avait changé, soudainement. Les deux fois suivantes aussi. Le vieil homme avait refusé de sortir, de retourner en forêt, n'y chassant plus au petit matin, ne s'y promenant plus avec son petit-fils dans l'après-midi. Il disait souffrir du dos, des jambes. Surtout depuis peu, il toussait très fort. Il passait de longues heures dans sa pièce à lui et ne la quittait qu'aux heures des repas où Mamila et Noé retrouvaient un homme sombre et tourmenté, au teint blafard. Noé avait insisté pour repartir en promenade avec son grand-père, avait contesté le refus répété de papi Tom, lui demandant pourquoi, encore. Une autre question après toutes ces années. Mais l'homme continuait de se taire, hanté, puis retournait dans sa pièce, sans un mot.

Une lumière ocre s'échappait par la porte entrouverte du bureau, une ligne verticale, ténue et fascinante. Alors, Noé s'approcha, hésitant face à l'interdit. Il coula un regard inquiet par la fente. Un monstre cornu à l'œil noir le dévisagea aussitôt et le petit garçon glapit de terreur en reculant d'un bond.

— N'aie pas peur ! lui dit la voix de papi Tom à l'intérieur. C'est un buffle. Viens. Entre.

Une toux rauque s'ensuivit. Incertain, toujours terrifié, Noé poussa la porte et entra. La « pièce de papi Tom » était un vaste bureau parqueté sentant la cire à bois et la poussière, rempli de vieux meubles, de hautes bibliothèques, de nombreuses étagères où reposait ici et là un bric-à-brac d'objets exotiques, des vases de terre cuite, des coffrets en tek, des flacons colorés, des figurines et des statuettes de bois, les trésors qu'il avait imaginés, enfant. Le petit garçon s'arrêta net en recroisant le regard belliqueux du *buffle* dont la tête ornait le mur qui lui faisait face, à côté d'autres têtes d'animaux qu'il voyait pour la première fois. Tous les murs de cette salle s'ornaient des têtes embaumées d'animaux qu'il découvrait, figées dans la lumière ocre d'un feu de cheminée. Il y en avait une dizaine.

— Tu as vu, là ? Le jaguar ? Et l'ours, là-bas ! commenta son grand-père en tendant un doigt maigre. L'éléphant, la girafe, le lion ?

Le petit garçon acquiesça tout en examinant ces animaux morts. Rien ici ne célébrait la vie. Comment papi Tom pouvait-il aimer cet endroit au point d'y passer ses journées ? Noé fit un pas, puis un autre dans ce mausolée où personne ne venait jamais, pour en faire le tour et découvrir le moindre détail de la pièce interdite. Sous chacune des têtes se trouvait une photo encadrée. Noé y reconnut papi Tom, jeune et souriant, son fusil à la main, accroupi près de sa proie, la dépouille de l'*éléphant* dans la touffeur de la savane, le cadavre du *jaguar* dans la moiteur de la jungle, et d'autres animaux. Papi Tom y apparaissait en short et casquette, en tenue intégrale de camouflage, en parka près de l'*ours* qui saignait dans la neige. La tenue était différente, le décor, la météo, l'âge de l'homme aussi changeaient au gré des trophées. Seul perdurait son sourire carnassier, de chasse en chasse, de cadavre en cadavre. Et les dates : 1995, 2002, 2015, 2023… Le petit garçon tomba soudain sur un râtelier d'une douzaine de fusils. Il les détailla, se demandant lequel avait servi à tuer toutes ces bêtes, lequel était l'instrument de ce carnage, l'arme du crime. Un dégoût déforma ses lèvres. Il se tourna vers le vieil homme qui restait assis dans un large fauteuil, derrière son bureau, son œil froid posé sur son petit-fils, le souffle court.

— Voilà ce qu'on ne voulait pas que tu saches sur ton papi Tom, Noé. Il a été un grand chasseur. Un des plus grands ! J'ai chassé sur tous les continents, et j'ai tué tout ce qui marche, court, vole ou nage... C'était une autre époque, on le faisait pour le sport. Attention ! Je ne te parle pas des chasseurs du dimanche qui sortent tirer dans le tas, qui abattent deux cents cerfs dans la même journée et les finissent à coups de crosse ! Des bouchers ! Non, mon garçon ! On était une bonne trentaine de grands chasseurs, on se connaissait tous. On était l'élite et on se respectait. On connaissait les faits d'armes, les exploits des autres : la chasse au tigre à Sumatra, à l'ours brun kodiak en Alaska... Celui-là même, derrière toi ! Il fallait du courage pour aller se frotter à ces bestiaux. Il vaut mieux ne pas trembler quand le kodiak te fonce dessus. Huit cents kilos de muscles qui te chargent et tu as droit à une seule balle avant qu'il soit sur toi !

Il grimaça un sourire avant de reprendre :

— Je l'ai eu à près de cent cinquante mètres, au Sniper Tactical Black Ops avec lunette de visée laser et silencieux ! C'est le fusil qui est là-haut, le troisième. PAN ! Plein cœur ! Surtout pas dans la tête si tu veux la conserver comme trophée. Une mort propre. *One shot, one kill !* Ça veut dire « tué d'une seule balle » ! Mais c'était une autre époque… On était en 2010, 2015. Et puis il y a eu les écolos, les antichasse, les Greenpeace, les intégristes de la nature… Les espèces étaient menacées, en voie d'extinction, elles devaient être protégées par des décrets, des lois. Bon. Ça ne nous a pas vraiment arrêtés ! Ça a juste fait grimper l'adrénaline… et les tarifs des safaris ! Il y a cinq ans encore, il fallait débourser dix mille euros pour tuer un lion, vingt mille pour un éléphant. En 2023, j'ai eu la chance de tirer un des derniers rhinocéros blancs ! Cent trente mille euros, tu te rends compte ? C'est beaucoup d'argent, Noé ! Mais quelle émotion ! Quelle ivresse ! Un tel plaisir n'a pas de prix !

— Tu as tué tous ces animaux ? demanda le jeune garçon.

Papi Tom embrassa la pièce du regard avec fierté.

— Oui. C'est moi.

— Mais pourquoi ?

— Pourquoi ? Mais… Pour le plaisir, Noé. Dans cet instant qui précède le tir, juste avant la mise à mort, il y a une sorte de communion avec l'animal, une harmonie parfaite entre le prédateur et sa proie, un moment de grâce suspendu entre vie et mort qui n'appartient qu'aux deux extrémités de cette ligne tendue entre l'un et l'autre, jusqu'à la rupture... C'est beau, un lion qui meurt. Peu d'hommes ont la chance de connaître ça. Il n'y a rien de plus émouvant que de voir un éléphant majestueux s'effondrer lentement, poser un genou en terre avant de s'écraser au sol, terrassé par la balle que tu viens de tirer. Rien qu'à en parler, j'en ai des frissons ! Et voir ployer la puissance d'un rhinocéros... Et je n'ai même pas pu faire rapatrier le trophée ! Trop risqué... Ni mettre une photo sur mon Facebook ! Un copain américain, Walter Palmer, a eu tellement d'ennuis après avoir *posté* une photo de lui accroupi près d'un lion mort ! Il a reçu des menaces, lui, sa famille... Ça a calmé tout le monde, évidemment.

Il s'esclaffa soudain.

— Sauf ta mère ! Bien sûr, elle savait que j'allais tirer le sanglier, le cerf quand j'en avais l'occasion. Ça, ça passait encore ! Mais lorsqu'elle a su que je participais à ces safaris, elle m'a fait une de ces crises ! « Assassin », « barbare », « criminel » ! J'en ai pris pour mon grade ! Elle m'a lancé au visage que je lui faisais honte. C'était le plus douloureux, la honte... J'ai bien cru que je ne la reverrais jamais. Et toi non plus. Alors j'ai promis.

— Qu'est-ce que tu as promis, papi Tom ?

— Je lui ai promis d'arrêter ces chasses. Et de ne jamais t'en parler.

Un silence s'abattit sur la pièce de papi Tom, un silence de cimetière. Une flamme folle dansait dans les yeux en plastique des bêtes alentour, comme si elles s'amusaient de la situation et attendaient la suite.

— Il était déjà trop tard, mais on ne le savait pas.

Noé ne comprit pas mais n'interrompit pas le vieil homme qui saisit un cadre sur son bureau et le lui tendit. Deux hommes dont l'un était papi Tom souriaient à l'appareil. Il n'y avait pas d'animaux.

— Il y a deux ans, un loup de Sibérie a été repéré par les autorités russes. Il venait d'attaquer un troupeau de moutons. La nouvelle a rapidement circulé parmi les amateurs de chasse. Je savais que l'un d'entre eux, Iann Kruger, un grand chasseur sud-africain, se mettrait en chasse aussitôt. J'avais promis, je sais, mais l'appel était trop fort. Je sentais mon sang bouillir rien qu'en imaginant le loup parcourant la taïga. Quel animal magnifique ! J'en ai rêvé la nuit même… Alors, au petit matin, j'ai fait mes valises et je suis parti.

— En Sibérie ?

L'homme fut secoué par une violente quinte de toux, puis reprit :

— Oui, pour chasser le loup ! Deux jours plus tard, je traversais la taïga en 4 × 4 sous la neige pour rejoindre sa dernière position connue, un point d'eau dans une clairière. Le loup est un animal très intelligent, tu sais ? Il ne se met jamais en danger par imprudence. Celui-là devait avoir une bonne raison pour attaquer un troupeau à proximité d'habitations. D'autant que d'instinct, il se déplace en meute. Le loup solitaire est une légende. J'imaginais donc croiser plusieurs spécimens ! Alors j'ai laissé mon 4 × 4 et j'ai marché deux heures à travers les mélèzes et les sapins. Je me suis posté avec mon fusil à lunette à une cinquantaine de mètres d'un petit lac et j'ai attendu sous la bâche blanche qui me camouflait. Les flocons tombaient sans discontinuer, mais j'étais fébrile, surexcité. Je sentais mon instinct de chasseur prendre le dessus. Je l'ai attendu deux jours et deux nuits, dans le froid sibérien, et il est arrivé. Seul. J'ai collé mon œil à la lunette pour mieux l'observer dans ma ligne de mire tandis qu'il s'approchait de l'eau. Et j'ai été saisi d'effroi. C'était un vieux loup. Il boitait et était amaigri. Il peinait certainement à se nourrir depuis des jours. Son dos était pelé par endroits, preuve qu'il devait être malade aussi… Il a soudain regardé dans ma direction. Je me suis demandé s'il savait que j'étais là, à l'autre extrémité de cette ligne qui nous unissait, le doigt sur la queue de détente, que je pouvais l'abattre d'un instant à l'autre, et mettre fin à sa souffrance, à sa solitude... Le loup a levé la tête et a hurlé, une longue plainte lancée au ciel, comme s'il se savait condamné.

— Qu'est-ce que tu as fait, papi Tom ?

— J'ai retiré mon doigt de la détente. Il n'y avait ni force ni grâce chez cette pauvre bête. Ce n'était pas le prédateur magnifique que j'avais imaginé ni le monstre des contes qui m'avait terrifié, enfant. Cet animal ne méritait que la pitié... J'ai pris la décision d'en rester là et de repartir quand j'ai vu un mouvement dans ma lunette, une silhouette blanche qui avançait furtivement, à l'abri des grands arbres enneigés, un fusil devant elle. C'était Kruger. Il était venu lui aussi, n'avait pu résister à l'appel, à l'instinct. Il a soudain levé son fusil. Je ne sais ce qui m'a pris alors. Une sorte d'indignation, de fureur... J'ai ajusté mon tir et j'ai fait feu. L'animal s'est effondré. *One shot, one kill.*

— Tu as tué le... ?

Papi Tom fixait d'un regard lointain les flammes qui frétillaient dans l'âtre.

— Le loup, oui ! Kruger s'est tourné vers moi. Il n'avait visiblement pas vu que j'étais là. Il s'est approché en riant très fort. J'avais été plus rapide que lui et il se montrait beau joueur. Les loups ne se mangent pas entre eux. On a discuté un moment. Il me tapait sur l'épaule, admiratif. On a entendu la motoneige des gardes forestiers. On savait que l'animal était protégé et que nous risquions des ennuis, alors on s'est éloignés avant leur arrivée… et avant de pouvoir faire une photo avec le trophée. Ce n'était pas grave, je n'en voulais pas. Le Sud-Africain riait en continu, n'en revenait pas de s'être fait souffler sa proie sous son nez. Il m'a raccompagné à mon 4 × 4. Il a insisté pour qu'on fasse une photo, celle-ci. Il me l'a envoyée par la suite.

Il se tut un instant.

— Dans les jours qui ont suivi, la presse et les réseaux sociaux ont annoncé que des braconniers avaient tué un loup en Sibérie. Le tollé était unanime, surtout lorsque les autorités ont précisé qu'il s'agissait du dernier loup. Le dernier. Le loup n'existait plus, n'existerait plus jamais, nulle part ! Ils traquaient l'animal depuis plusieurs mois pour le mettre en sécurité, lui prodiguer des soins… Ils sont arrivés trop tard. On était le 20 mars 2027 et le dernier loup de la planète venait de disparaître, après le dernier lion, le dernier buffle, le dernier léopard, le dernier lynx… Depuis vingt ans, on annonçait ces disparitions dans l'indifférence générale, l'une après l'autre. Et j'étais celui qui avait tué le dernier loup. C'est quand j'ai reçu la photo de Kruger que je l'ai compris. Je la regarde souvent. Parce que j'ai honte, cette honte dont parlait ta mère. Je l'ai comprise à ce moment-là. Trop tard. Mais elle ne m'a plus quitté. Elle m'accompagne désormais quand je marche en forêt, quand je cherche les traces et que je n'en trouve pas, ni l'éraflure d'un tronc, ni le grattement de la terre, ni la brindille cassée. Tu me demandais pourquoi je ne t'y emmène plus ? La forêt est aujourd'hui vide parce que quelqu'un y a tué le dernier lapin, le dernier sanglier, le dernier renard, sans qu'il n'y ait de coupable ni de témoin, sans que personne n'en sache rien. Moi, je sais. Je suis l'homme qui a tué le dernier loup et j'entends depuis son hurlement chaque seconde de ma vie, jusqu'au creux de la nuit. Et je porterai ce crime jusque dans ma tombe, jusqu'à ce que je disparaisse à mon tour. Mais je voulais que tu saches aussi, tu comprends ? Je ne sais pas ce que te racontera ta mère, un jour, quand je…

Une quinte plus forte l'interrompit.

— Tu comprends, Noé ? répéta-t-il enfin.

Le jeune garçon leva de nouveau les yeux vers les têtes fabuleuses, tantôt cornues, tantôt tachées, au poil dru ou ébouriffé, aux oreilles dardées ou aux crocs acérés, de ces animaux qui avaient un jour réellement existé, peuplé la Terre, aujourd'hui disparu, de ces créatures qu'il voyait pour la première fois.

Noé se tourna vers son grand-père.

— Mais c'est quoi, un loup ? lâcha-t-il comme un cri aigu.

Le vieil homme sembla surpris.

— Un loup ? Eh bien un loup, c'était une sorte de… Mais pourquoi tu pleures ? Noé ? Noé ! Reviens !

6

Monsieur Pierre

PAR ADÈLE BRÉAU

C'est arrivé très vite. Bien plus qu'ils ne semblaient tous le penser. Ou plutôt non. Ça a mis un certain temps. Et puis ça s'est accéléré d'un coup, de manière vraiment vertigineuse.

Quand Nathalie était enfant, je me souviens qu'on partait pour Noël dans les Cévennes. Il faisait très froid. Elle me serrait contre elle la nuit en s'endormant parce que c'était impossible de chauffer cette vieille baraque. Sur les lits, on entassait les plaids, les vieilles couvertures écossaises, parce que le feu de la cheminée du salon ne suffisait pas à faire taire la morsure de l'hiver sur ses petits doigts recroquevillés, toujours aussi glacés au matin lorsque nous regardions tomber la neige sur le village grelottant. Elle m'a gardé auprès d'elle tous ces hivers, puis tous ces étés de son enfance. Et puis elle a pris quelques distances, bien sûr. Elle grandissait. Je me souviens de cette nuit d'été. Elle devait avoir près de vingt ans. Elle m'avait rejoint chez ses parents, près du camping de Tourcoing. Ils venaient d'acheter un poste de télévision. Toute la famille avait veillé tard, laissant la porte-fenêtre ouverte pour que les gamins des caravanes puissent voir l'écran, agrippés au muret qui les séparait de notre jardin. Nathalie et ses parents s'étaient tus d'un coup, écarquillant les yeux, bouche bée devant cet homme casqué qui, dans un déluge de flocons, avait posé son pied sur un sol plein de poussière, faisant pousser aux minots des cris de joie. La vie pouvait commencer. « C'est dangereux, de défier Dieu », avait pourtant marmonné le père de Nathalie en éteignant le poste avec humeur, préférant aller se coucher. « C'est incroyable, tu te rends compte ? On a marché sur la lune », m'avait-elle chuchoté dans la pénombre de ce 21 juillet fiévreux, excitée comme pas possible, consciente de la grandeur de l'Homme sur ce monde qu'il maîtrisait.

Et c'est vrai que la vie de Nathalie a pour ainsi dire commencé à cette époque-là. Elle s'est rapidement mariée et, avec Paul, m'a embarqué dans leur bel appartement plein de moulures, qu'ils ont peu à peu rempli d'objets sophistiqués. Chez eux, on n'avait plus jamais froid. Paul et Nathalie poussaient les radiateurs à fond. La nuit, je dormais bercé par le ronronnement incessant des machines. Le frigidaire immense qu'ils ouvraient, refermaient, le visage extasié dans la petite lumière orange, la machine à laver dans laquelle ils balançaient même les vêtements peu portés, le lave-vaisselle qui les poussait à recevoir parce qu'il n'y avait plus d'efforts à fournir, disait Nathalie. La vie était devenue tellement simple. On sortait l'argenterie, les plats de grand-mère, tout le trousseau des noces. Pendant des heures, au salon, on buvait, on mangeait, on fumait sans discontinuer dans l'appartement surchauffé. De temps en temps, on ouvrait les fenêtres pour aérer. Le matin, Paul partait travailler dans sa grosse voiture. Nathalie prenait la sienne. Tout le monde en avait une, c'était tellement pratique. Je restais souvent seul, à l'époque, parce qu'ils ont commencé à beaucoup voyager. Comme leurs amis, Paul et Nathalie gagnaient bien leur vie, on aurait dit que l'argent poussait un peu partout. Et puis partir au bout du monde était devenu si facile. Prendre l'avion était accessible à tous alors Paul et Nathalie embarquaient dans ces gros engins, avec leurs cigarettes et leurs valises, à la découverte du luxe à petit prix. Je me disais que ça devait être drôlement embouteillé, là-haut dans le ciel, avec tous ces engins à moteur qui s'étaient mis d'un coup à aller à droite à gauche au-dessus des mers. Mais ils semblaient savoir ce qu'ils faisaient. Comme pour le reste. Ils avaient l'air tellement pétris de certitudes que nul n'aurait osé émettre le moindre doute quant à leur engouement peut-être excessif face à ces nouveaux joujoux.

Nathalie est tombée enceinte dans les années 1980. Elle continuait à fumer et boire. C'est amusant, parce qu'après elle, je crois que ça ne s'est plus tellement fait. Mais tant de choses ont changé. Caroline est arrivée, et j'ai cru que tout allait recommencer comme avant. Un bébé, c'est un bébé, après tout. Sauf que là, c'était un peu différent. Nathalie la gavait de plastique. Je crois bien que tout s'est progressivement mué en plastique, en fait. Son biberon, ses tétines, ses hochets, et puis les jouets qui ont peu à peu envahi la chambre. Immenses, colorés, si nombreux, qu'elle et Paul assemblaient des heures entières avant de s'en désintéresser. Je me suis souvent demandé ce qu'ils étaient devenus. Si Nathalie les avait entreposés chez ses parents près du camping ou tout simplement jetés. Comme tout le reste. Les emballages qui s'amoncelaient dans l'immense poubelle à battant de la cuisine, qui avalait sans relâche les monceaux de détritus dont ces trois-là gavaient la bouche immense du container. Les paquets de gâteaux, les boîtes de céréales, les pots de yaourt, les canettes de soda, les barres chocolatées, les médicaments même pas entamés, les appareils électroménagers, les vêtements trop petits, les piles usagées, les vieilles cassettes, les lampes cassées, tout y passait, sans distinction ni nostalgie. Chaque matin, Paul descendait les poubelles en sifflotant. Ils avaient l'air heureux. Caroline a grandi à son tour, dans ce nuage de cigarettes et de joyeuse désinvolture. Avec elle, nous n'eûmes qu'un seul Noël sous la neige. Puis, plus jamais.

Je crois que personne n'y a vraiment prêté attention. À part quelques hurluberlus dont j'entendais les propos affolés surgir de la télévision. À moins que ce ne soit de la tablette que Benjamin regardait dans sa chambre. Caroline et lui m'avaient emmené lorsqu'ils avaient décidé à leur tour d'emménager ensemble, trente ans après Paul et Nathalie. Ça faisait un boucan pas possible, chez eux. Ils se promenaient l'un et l'autre avec ce bidule lumineux entre les mains, qui gueulait comme pas permis, tandis que la télé continuait de déverser son flot de nouvelles qu'on devait semble-t-il écouter sans discontinuer, désormais, et plus seulement le soir à 20 heures, ou en bavardant avec la voisine, comme autrefois. Parfois, je crois que Benjamin essayait d'attirer l'attention de Caroline sur ce que disaient les types affolés. Il parlait des glaciers qui fondent trop vite, d'espèces animales qui s'éteignent, de la couche d'ozone qu'ils abîmaient avec tout ce progrès arrivé trop vite. Caroline s'en fichait pas mal. « Qu'est-ce qu'on peut bien y faire ? » répondait-elle quand elle daignait lever les yeux de son écran. Et puis, ils oubliaient. Est-ce qu'il était déjà trop tard ? Qu'est-ce que j'en sais. Je ne peux raconter que ce que j'ai vu. Parce que c'est ensuite que ça s'est accéléré, que tout s'est détraqué en même temps. Comme dans un appartement, lorsqu'une ampoule lâche et que les jours qui suivent, tout part en vrille comme si les objets s'étaient donné le mot.

Ça a pris pas mal de temps, ça la rendait dingue, mais Caroline est à son tour tombée enceinte. Avec Benjamin, ils ont alors voulu tout repenser. Surtout après la mort de Paul, emporté par un cancer en quelques mois, juste avant la naissance de Théo. Pour Caroline, c'était la faute de l'usine dans laquelle il avait bossé toutes ces années. Des gaz qu'il y aurait respirés. Des cigarettes qui avaient bercé son enfance. De Nathalie qui n'avait rien fait pour changer les choses, qui ne l'attachait même pas dans la voiture à l'arrière quand elle était petite, qui les avait nourris n'importe comment, qui avait tout gâché. Je crois qu'elle mélangeait un peu tout mais leurs amis étaient pareils. Ils voulaient radicalement changer. Alors le nouveau bébé était sous cloche. Je n'avais pour ainsi dire pas vraiment le droit de l'approcher. Juste de le regarder jouer avec ses cubes en bois, téter au sein de Caroline qui refusait de s'en détacher, passer des Noël tièdes dans la maison des Cévennes où Nathalie vivait seule, désormais. Elle avait fait mettre la climatisation. Deux fois l'an, mère et fille se retrouvaient autour du petit garçon, et les reproches ressurgissaient immanquablement. Selon la fille, le monde s'effondrait de partout, on avait beau y fiche des rustines, la génération de la mère avait tout saccagé en seulement quelques années. Peut-être qu'elle avait raison, mais je crois bien que Nathalie toute seule n'y était pas pour grand-chose. Toujours est-il que les informations continuaient de dégueuler inlassablement les mêmes nouvelles sinistres. Tremblements de terre, tsunami, famine, pandémie, extinction, sécheresse, séismes, terrorisme, insurrection, migrations, inondations, on regardait le monde s'écrouler H24, les fesses posées sur notre canapé… J'ai bien pensé qu'il s'agissait d'une vue de l'esprit. Que pour remplir le flux incessant de mauvaises nouvelles, il fallait bien gonfler la réalité, prendre tout ce qui passait, amalgamer, puis diluer. Ça n'était tout de même pas la première fois que toutes ces choses arrivaient. Autrefois, on en parlait moins, voilà tout. Sauf avec la voisine. « Dites, vous avez vu ce qu'il pleut ? Pour sûr, on n'est pas gâtés, cette année. »

Le petit Théo continuait de grandir et de sourire, le monde n'allait pas s'effondrer.

Et puis les choses se sont précipitées, comme l'eau qui se vide au fond d'une baignoire, et tourbillonne brusquement avant de disparaître en un clignement d'yeux. Après un été plus chaud encore que tous les précédents, les jeunes gens chics de l'écran de télé ont annoncé l'émergence d'un énième virus inquiétant. Quelques mois plus tard, on nous enfermait, Caroline, Benjamin, Théo et moi, dans notre petit appartement, avec nos jouets en bois, nos trois poubelles et nos écrans. Pour quelques semaines, avait dit Benjamin, persuadé qu'on trouverait une solution bientôt. L'Homme est grand. Il était bien allé sur la Lune, il n'y a pas si longtemps, me disais-je pour me rassurer. Sauf que le danger sourd a continué de s'immiscer. Toujours plus rapide, toujours plus violent, toujours plus virulent. Ils avaient beau trouver des vaccins, les hommes de science ont vite été dépassés par les mutations successives. Après quelques tentatives laborieuses, il n'a bientôt plus été question de sortir du tout. Lorsqu'il revenait du supermarché, où l'on distribuait toutes les semaines des sacs de provisions destinés à chaque foyer, Benjamin restait silencieux, longtemps. Parfois, il annonçait : « la boulangère », « les voisins d'en face. Oui, tous ». C'était vraiment une hécatombe.

Tous les commerces avaient fermé. Depuis la fenêtre qu'il n'était plus question d'ouvrir, j'observais les vitrines, poussiéreuses, brisées, ornées d'un écriteau « à bientôt ». Au bout du monde, ça brûlait de partout. Les forêts, la moindre végétation. Sur le téléphone de Caroline, on voyait des hommes et des femmes, masqués, courir dans la fumée, ne sachant où aller. C'était peut-être ça, le pire. Cette sensation de n'avoir nulle part où trouver refuge. Beaucoup mouraient de faim, je crois, parcourant les terres arides à la recherche d'un réconfort quelconque. D'autres se battaient. De désespoir, sans doute. Partout sur la planète, ça se déréglait. J'ai compris que plus personne ne sortait parce que le soleil brûlait les peaux. Peu de temps après, on n'a plus eu de nouvelles d'ailleurs, parce que tout a sauté. Comme chez Nathalie, dans les Cévennes, quand on avait apporté ce nouveau congélateur qui avait tout fait disjoncter. Sauf que là, personne n'a semble-t-il trouvé le gros bouton qui aurait tout relancé. Et ça n'était peut-être pas plus mal, finalement.

On a eu quelques jolies semaines parce que le printemps est arrivé, et que Caroline et Benjamin n'avaient plus leurs écrans sous les yeux. Tous les quatre, on se serrait dans le grand lit, le jour comme la nuit. La grande coupure avait fait cesser la course absurde qu'ils avaient continué de mener, jusqu'au bout, travaillant du matin au soir devant leurs ordinateurs pendant qu'avec Théo, on passait des heures devant des images du monde d'autrefois. Je crois qu'ils avaient lâché l'affaire sur les jouets en bois. Oui, après la coupure, tout est devenu silencieux. Sauf la voix de Caroline qui nous murmurait doucement, dans la moiteur des nuits suffocantes, des récits du passé. Elle racontait à Théo des films oubliés, des histoires de princes sans masque ni protection solaire, des récits magiques de Noëls enneigés, de forêts enchantées. C'est elle qui est partie en dernier. Et puis tout s'est tu.

Je suis incapable de dire combien de temps a passé ensuite. Des mois, des années, des siècles, peut-être ? Tout ça n'avait plus beaucoup de sens, finalement. Je suis resté là dans le silence. La chaleur s'est progressivement atténuée. Je crois bien que ça n'est pas venu tout de suite mais un jour, j'ai perçu à travers le carreau sale une feuille qui dépassait d'une des branches du vieil arbre de la cour. Je me suis rappelé que le père de Nathalie, celui qui trouvait que ça n'était pas bien de défier Dieu, parlait souvent de l'âge des arbres, dont la longévité défiait de loin la vie humaine. Je me demandais alors si c'était à cause de cela qu'on les coupait sans indulgence, parce qu'ils osaient se montrer plus forts que les hommes. Longtemps après la feuille, j'ai entendu un oiseau chanter. Je m'en souviens parce que ce petit air joyeux a déchiré une immobilité qui durait depuis si longtemps que ça avait été comme un cri. Et puis il y a eu ce vacarme qui m'a terrorisé. Des pas dans l'appartement qui n'en était plus vraiment un, vestige de trois vies qui s'y étaient trop brièvement déroulées. Et le visage de cet homme hirsute qui s'est soudainement éclairé lorsqu'il m'a découvert dans les décombres de cette civilisation que je pensais anéantie. Il faut croire que quelques-uns avaient survécu. Cet homme hirsute, quoi qu'il en soit, qui me prit dans ses bras maigres et m'emmena avec lui. Les rues n'existaient plus, tout avait disparu sous la végétation qui avait repris ses droits, se frayant vaillamment un chemin parmi les déchets épars qui avaient survécu aux orages, aux thermomètres qui s'affolent, à la terre qui avait si souvent tremblé. Il faudrait sans doute des années pour se débarrasser de tous ces emballages, ces téléphones, ces fils électriques qui jonchaient ce chaos, mais l'homme hirsute semblait confiant. Ou résigné. Une chèvre le suivait, gambadant parmi les décombres de cette guerre sans combattant. Nous avons marché longtemps, mais ça ne semblait pas avoir d'importance. Rien n'était grave, rien n'était urgent. Nous étions seuls dans cette nature étrange qui semblait s'éveiller à nouveau, comme en rémission après une maladie fulgurante. Caroline avait peut-être raison pour le cancer de Paul. Peut-être que tout ça avait été dû à leur désinvolture, finalement. Il était trop tard pour le dire.

Lorsque le soleil a commencé à baisser dans le ciel limpide, offrant à l'horizon des couleurs que je n'avais plus observées depuis l'enfance de Nathalie, l'homme hirsute s'est glissé sous un abri de fortune. Une petite maisonnette de bois recouverte de branchages, d'où s'échappait une odeur de pomme de terre qu'on aurait jetée dans le feu. Dedans, une femme à la peau laiteuse observait les flammes sans dire un mot, veillant sur un enfant qui semblait dormir.

— Regarde ce que j'ai trouvé ! a fait l'homme, rompant pour la première fois le silence depuis qu'il m'avait sauvé de l'oubli.

— Un doudou ! a fait la femme, les yeux soudain brillants d'excitation, tendant les bras vers moi comme si nous nous retrouvions après des années de séparation. Un ours en peluche !

— C'est quoi un ours ? C'est quoi un doudou ? a dit l'enfant, me pressant pourtant sans réfléchir contre sa poitrine, prête, déjà, à m'offrir sans compter sa tendresse.

Peut-être n'étions-nous que quatre. Peut-être se trouvait-il tout proche, ou très loin, d'autres rescapés de cet immense gâchis, auxquels nous donnerions la main pour reconstruire cette Terre qui nous avait si brusquement échappé. Ce dont j'aurais voulu être sûr, c'est que nous ne referions pas les erreurs du passé. Mais évidemment, je ne pourrai qu'observer.

7

Vocabulaire impropre à la consommation

PAR JACQUES EXPERT

Avant d'entamer ce récit, je souhaite faire un rapide mais nécessaire préambule. En effet vous serez étonné qu'à notre époque celui-ci ne soit pas en écriture inclusive. Je dois donc m'en expliquer. C'est un choix personnel que j'assume, en dépit de mon grand respect pour cette façon égalitaire de s'exprimer. Malheureusement, beaucoup de nos compatriotes qui vont lire ces lignes sont peu familiarisés avec elle. De plus, même si cela ne devrait plus tarder, l'écriture inclusive n'est pas obligatoire*, même si une loi est à l'étude pour que

* Les mots « obligatoire », « obligation », « obligé » ne sont pas proscrits de notre vocabulaire, alors qu'à mon sens ils devraient l'être. Je l'emploie donc sans encourir de sanction (mot également à proscrire, mais qui dans l'immédiat

ce mode d'écriture soit, dans un premier temps, la règle dans les documents administratifs.

Cela précisé, je peux commencer.

J'ai vingt ans de carrière dans la haute administration. Une carrière dont je suis satisfait et même (sans fausse modestie) très fier.

J'ai toujours été bien noté par ma hiérarchie, ce qui m'a permis de gravir les échelons jusqu'à ce poste enviable. Et envié. Envié, car il est vrai qu'on ne réussit pas sans provoquer quelques jalousies de ses collègues. L'individu, malheureusement, en dépit des énormes progrès réalisés ces dernières années, n'est pas parfait. Mais soyons optimistes, cela viendra un jour !

C'est donc grâce à mes excellentes notes que j'ai été choisi pour faire partie de cette commission nouvellement créée sous l'égide du ministère de la connaissance, anciennement, pour ceux qui s'en souviennent, ministère de l'Éducation nationale (entre parenthèses, cela me fait mal d'écrire « Éducation », avec un É majuscule, quelle horreur… J'ai l'impression de revenir un siècle en arrière !).

Dans un premier temps et à juste raison nos gouvernants ont enlevé le terme « nationale » jugé

---

ne l'a pas été, à mon grand regret, étant un homme, attaché à la liberté et la responsabilité individuelle).

trop réducteur à l'époque de la mondialisation. Un groupe de réflexion (et non « de pression » comme des adversaires de la réforme l'ont fait valoir à tort et malhonnêtement) a convaincu nos dirigeants qu'il était insultant de parler d'éducation dont certains avaient subi le joug de l'arbitraire et de la soumission. Les gens qui composent le peuple n'ont pas à être éduqués.

Après de longues et intenses discussions, le mot « connaissance » a été choisi. Ce choix a cependant provoqué une scission au sein de la majorité, certains parlementaires estimant qu'il ostracisait les « non-connaissants », à savoir tous ces malheureux exclus de l'enseignement qui n'ont pas la possibilité de suivre des études supérieures (quoiqu'il ne faille pas ostraciser ceux qui optent pour des filières professionnelles, que je considère très valorisantes à certains égards).

Bref, il ne m'étonnerait pas que le ministère change à nouveau de nom, car le débat n'est pas clos d'autant que certains, en particulier les militants de « TOUS LAÏQUES » en viennent à contester le terme même de « ministère » à cause de sa connotation religieuse (le mot « ministère » étant parfois associé au clergé catholique).

De plus, vous l'aurez remarqué, aucun organisme public ne porte plus de majuscule (par décret, « aucune administration n'est au-dessus de la population »).

En cette période de forte tension sur l'utilisation rigoureuse de la langue (je n'ajoute pas « française », car beaucoup de mots et d'expressions que nous employons au quotidien sont d'origine extranationale), le ministère de la connaissance a donc choisi quatre hauts fonctionnaires (deux femmes et deux hommes) pour se pencher sur le sujet au sein de la « commission de l'emploi approprié du vocabulaire ».

Le ministre Pierre Charron a été très clair pour définir notre mission dans son discours d'introduction : « Il existe beaucoup trop de mots à mauvaise connotation et donc sujets à mauvaise interprétation. Il convient de ne retenir que ceux qui ne heurtent aucune sensibilité, ethniques, confessionnelles ou tout simplement humaines. Ceux-là doivent être bannis de notre dictionnaire officiel. Pour d'autres, je vous demande de déterminer le sens précis des mots que le temps a dévoyé. Votre mission est donc de mettre en valeur notre langue et de n'en retenir que l'important et le non-provocant. » Il nous a assuré que nous disposerions de tout le temps et des moyens nécessaires à l'accomplissement de ce travail de première nécessité.

Il y a eu un instant de gêne quand il a conclu, pensant faire de l'humour : « Mesdames, messieurs, il y a urgence à faire un grand ménage. » Confus, le ministre s'est vite repris : « De faire du très bon travail ! »

Son directeur de cabinet transpirait de partout quand il m'a glissé à l'oreille : « J'ai eu peur qu'il dise "faire le tri", nous aurions eu contre nous toutes les associations de défense des migrants et de la Shoah. Là, c'est beaucoup moins grave, nous n'aurons que le groupe de techniciens·nes de surface. Ouf ! »

La tâche immense de « nettoyer » notre langue a donc été confiée à notre petit groupe, que des personnes d'expérience : Juliette, 49 ans, linguiste, Maria, 55 ans, historienne membre de l'académie (ex-française), Jean-Pierre, 62 ans, juriste. À 44 ans, je suis le cadet. En tant que haut fonctionnaire, je suis le représentant de l'État au sein de cette équipe de très haut niveau. Incontestable, mais, comme toujours contestée.

Il n'est évidemment pas question que je donne l'origine ethnique de chacun, mais sachez que la parité a également été respectée. En revanche, de nombreuses associations se sont émues de l'absence d'égalité sociale. Ce groupe ne compte en effet aucun représentant de la classe moyenne.

Nous sommes chargés de l'étude des noms communs, une autre commission s'occupe des noms propres. En toute honnêteté, même si ce travail est passionnant, je préfère être à ma place qu'à la leur. En effet, pratiquement chaque nom donne lieu à des débats interminables. Il y a tant d'erreurs historiques, voire géographiques à corriger. À titre d'exemple, ils ont dû mettre en suspens l'étude du mot « France », faute de consensus et de recours en tous sens.

Il paraît qu'ils ont du travail pour encore cinq ans, au minimum.

Deux ans et demi plus tard, nous avons achevé la première phase de notre travail, à raison de huit heures par jour. Autant dire que nous n'avons pas lambiné (pour info, le maintien du mot « lambin » a été contesté devant le Conseil d'État par l'association des Profiteurs du temps qui passe. Elle estimait qu'être traité de lambin assimile l'individu à un paresseux et ridiculise son goût de profiter de la vie à son rythme. Bien sûr dans sa grande sagesse, le Conseil a rejeté cette demande incongrue).

Voici notre bilan, avant d'entamer une relecture générale prévue sur six mois :

Nous avons examiné 89178 mots. Nous en avons éliminé 27783 dont une très grande partie a été jugée discriminante, voire infamante, à l'égard des minorités et des personnes. Je ne citerai à titre d'exemple que le mot « sexe », rejeté à l'unanimité. Une décision réclamée par de nombreuses associations qui se battent contre la caractérisation de son identité par son sexe. Gommer ce mot va éteindre le débat, espérons-nous, qui s'éternise depuis des années. Nous avons confirmé la suppression des pronoms « il » ou « elle », considérés genrés à juste raison. De plus, après de longs débats enrichissants, nous avons rayé « tu » et « je », qui magnifient exagérément l'individu, pour ne conserver que « nous » et « vous ».

« Censure » est un autre mot que nous avons enlevé de notre vocabulaire. Je le cite d'autant plus que j'en suis à l'initiative. Pourquoi garder un mot proscrit qui n'a plus usage à notre époque, sauf à évoquer un temps révolu où la censure faisait des ravages ?

Enfin, nous avons explicité avec précision le sens de 11998 termes.

Je ne suis pas mécontent de quelques trouvailles personnelles approuvées par mes collègues. Les exemples suivants démontrent l'application ponctuelle qui a été la mienne sur la définition précise des mots :

– Petit devient « de taille modeste »
– Nain : personne à verticalité contrariée
– Crayon : outil scripteur
– Dictée : vigilance orthographique
– Courir : créer de la vitesse.
– Mère, père : génitrice, géniteur
– Piscine : milieu aquatique
– Nager : traverser l'eau en équilibre horizontal.

Le nouveau ministre de la connaissance et du savoir (nouvelle dénomination qui, selon moi, ne tiendra pas longtemps) s'est montré ravi du travail réalisé par notre groupe et la célérité avec laquelle nous avons œuvré. Les multiples recours déposés par des centaines d'associations devant le Conseil d'État puis la Cour européenne s'éteignent les uns après les autres. À ce jour nous avons seulement dû réintroduire le mot « hurler » qui nous paraissait attentatoire et offensant à la liberté d'expression. Le recours a été introduit par les Hurleurs de Saint-Quentin, association qui, selon ses statuts, développe les musiques modernes dans l'Aisne et en Picardie.

L'ambiance studieuse qui a prévalu jusque-là fait place à plus de convivialité entre nous quatre.

Les débats tendus qui nous ont parfois opposés sont oubliés.

Nous nous disputons encore pour faire durer le plaisir (un mot que nous avons par ailleurs sauvé des attaques d'un groupe de parole qui l'estimait discriminatoire, arguant du fait que certaines personnes n'en avaient jamais éprouvé).

Comme deux ans plus tôt, nous nous sommes arrêtés au mot « aimer ». À l'époque nous nous étions écharpés à son sujet, et aujourd'hui, encore, nous sommes toujours divisés mais de façon plus pacifique. Fort heureusement.

Maria, l'historienne et Jean-Pierre, le juriste, que beaucoup de décisions ont opposés, ont fait front contre Juliette et moi.

Ils voulaient le conserver en l'état car, disaient-ils, aimer est le fondement même des relations humaines. J'avais opté pour une définition, moins réductrice et plus explicative : « sentiment qui fait battre les cœurs et unit les individus tournés vers un objectif commun ». Juliette, dont j'ai su plus tard qu'elle avait milité dans des formations d'extrême gauche aujourd'hui dissoutes, exigeait purement et simplement de le faire disparaître sous le prétexte que « tant d'horreurs ont été commises en son nom ! ». À tout le moins, elle demandait une définition plus restrictive. Soutenue par le mouvement « Vérité pour tous », elle affirmait que l'amour n'avait été créé que dans le but d'asservir les masses populaires. « Quand ils croient aimer, les gens oublient les vrais problèmes. »

Par provocation elle avait proposé : « illusion affective ».

Au final je m'étais rallié aux deux autres tant je trouvais sa position vraiment extrémiste. Je me suis permis de rappeler à Juliette les mots de notre ministre : nous ne sommes pas des terroristes de la langue.

Quand le mot est revenu sur le tapis, je m'attendais à ses assauts.

À notre grande surprise, elle l'a trouvé extraordinaire, d'une finesse rare, à conserver absolument.

Son visage irradiait de bonheur et nous avons compris, sans qu'elle ait eu besoin de nous le dire, qu'elle était tombée amoureuse, sans doute pour la première fois de sa vie.

« Amour », « aimer » et toutes leurs déclinaisons ont été adoptés à l'unanimité et dans l'enthousiasme.

— Finalement nous nous aimons tous les quatre, a dit finement Jean-Pierre, tout content d'échapper à une nouvelle bagarre de mots.

Dans les minutes qui ont suivi, Maria, avec l'autorité qu'on lui connaît, nous a remis au travail.

— Et après que se passera-t-il quand nous rendrons notre ouvrage ? a demandé Juliette.

— Après, ai-je répondu, notre quotidien marchera parfaitement, débarrassé de tous ces oripeaux qui l'encombraient. Les générations de demain salueront le travail immense que nous avons réalisé. Le futur est sauvé, nous pouvons être fiers de nous !

Jean-Pierre nous a bien fait rire quand il a ajouté avec la finesse que nous lui connaissons :

— Un jour prochain, une commission étudiera nos noms et peut-être serons-nous effacés…

— Et ce ne sera que justice ! ai-je conclu avec un immense sourire.

8

Koï 2034

PAR MONA LE BRIS-LELEUX

Le papier était jaunâtre, froissé par le temps et la poussière. L'encre avait pâli en se diffusant dans l'épaisseur de la feuille, et le dessin était comme brouillé. Les écailles multicolores de la carpe koï s'étaient mélangées, et il en ressortait une flaque de peinture d'une teinte à la fois indéfinissable et familière, qu'il lui avait été impossible de transmettre dans son tatouage.

À chaque fois qu'elle le sortait du grenier, Elizabeth se rappelait le petit poisson qu'elle avait eu à ses cinq ans, dans une fête foraine, lors de son premier et dernier voyage au Vietnam. C'était le pays d'origine de sa mère, et elle avait toujours gardé un lien particulier avec tout ce qui s'y rapportait ; nourriture, langue, animaux et plantes, elle paraissait tout connaître. C'était elle aussi qui avait fait ce dessin, quelques jours après la mort du petit poisson. Ces bêtes-là ne vivaient pas très longtemps, à l'échelle humaine.

La jeune fille se redressa et rangea la feuille de papier dans un des tiroirs de sa chambre d'adolescente. Elle y était revenue pour les vacances ; ses parents lui manquaient. Sans s'être concertés au préalable, son frère avait pourtant fait le même choix. Au moins, ici, ils étaient avec leur père pour les appels vidéo avec leur mère. Les frontières étaient fermées depuis un peu plus d'un an maintenant, puisqu'elles n'avaient pas pu être rouvertes à la même période que les années précédentes. Eux trois étaient restés en France, mais sa mère avait décidé de retourner chez ses propres parents, au Vietnam. En même temps, ils ne pensaient pas que la mesure allait être définitive ; Elizabeth savait que sa mère avait peur que ses parents meurent alors qu'elle ne pouvait être à leurs côtés. Ils étaient vieux déjà. Sauf qu'à présent, c'était Elizabeth elle-même qui craignait que sa mère meure loin d'elle.

Elle soupira et attrapa l'album photo qui gisait à côté d'elle. Elle l'avait pris dans le grenier pour pouvoir se morfondre quelques minutes devant les photos de sa mère pendant sa jeunesse, mais n'avait pas pu l'ouvrir tout de suite. Elle prit une grande inspiration par le nez et souleva la lourde couverture. Les feuilles plastifiées si caractéristiques de sa propre enfance glissèrent toutes seules jusqu'à une photo de sa mère. Elle n'avait pas changé ; que ce soient ses cheveux ou son sourire éclatant, presque trente-cinq ans plus tard, rien n'avait bougé. Elizabeth s'empara de la photo pour la retourner. 2000. Sa mère avait alors le même âge que sa fille à présent ; celle-ci saisit brusquement l'ampleur de la différence entre leurs adolescences respectives. À dix-neuf ans, sa mère était insouciante, le monde lui appartenait ; quant à elle, elle se retrouvait coincée chez elle, séparée de la moitié de sa famille et de ses ami·e·s plus des deux tiers de l'année, voire continuellement, selon la qualité de l'air au-dehors. La génération de sa mère et les centaines qui l'avaient précédée avaient peu à peu détruit la planète, l'atmosphère, et la vie de ceux et celles qui vivaient à présent. À partir de 2026, le climat s'était complètement détraqué ; les océans avaient brutalement monté avec la disparition des glaciers et s'étaient acidifiés, endommageant irréversiblement la faune et la flore aquatiques ; puis diverses catastrophes naturelles s'étaient déclenchées partout dans le monde ; pas une heure ne passait sans que les médias n'annoncent un tsunami, une tempête de sable ou un ouragan quelque part sur la Terre. Avec les vingt-cinq mètres de montée des eaux, de nombreux pays avaient perdu une partie de leurs terres, si ce n'était la totalité : les Pays-Bas, les îles bretonnes, certaines côtes françaises, la côte Est des États-Unis, le Bangladesh ; sous l'eau. Après ça s'étaient retrouvés errant sur les mers presque un milliard de réfugiés climatiques. En dehors de ces tragédies, égoïstement, des millions d'enfances, d'adolescences, de vies gâchées par l'avidité des humains.

Depuis ces cinq dernières années, l'air était si vicié qu'il n'y avait que deux mois, décembre et janvier, où il était possible de sortir sans s'asphyxier ou se détruire les poumons ; et cette année, ils n'avaient pas reçu le signal d'alarme qui autorisait les sorties. Personne ne savait ce qu'il se passait à l'extérieur. Les fenêtres étaient opaques, et tous savaient qu'ils couraient littéralement le risque de mourir à petit feu s'ils mettaient un pied dehors pour y respirer. Leur seul lien avec l'extérieur, c'était Internet. Sinon, le monde était gelé dans une immobilité menaçante, les frontières fermées, les véhicules laissés à l'abandon, les écoles abandonnées. Elizabeth n'arrivait pas à se sortir de l'esprit l'idée glaçante qu'ils ne pourraient peut-être jamais plus sortir. Peut-être qu'elle mourrait là, dans cette maison sombre, près des cadavres de son père et de son frère perdus avant elle.

Elle secoua résolument la tête et se passa une main sur le visage avant de relever les yeux. Elle avait un espoir. Elle arriverait peut-être à se sauver, et beaucoup d'autres gens par la même occasion. Elle reposa l'album photo où elle l'avait ramassé sans prendre la peine de le remettre dans un tiroir, se leva et sortit du grenier.

En marchant vers sa chambre, elle tendit l'oreille et écouta les bruits rassurants de pas, de vidéos, de raclements de gorge qui lui indiquaient la présence et la vitalité de son frère et de son père. Rassérénée, elle rouvrit la porte de son antre et se dirigea droit vers son bureau, sans prendre la peine de refermer le battant derrière elle. Elle était la seule à vivre à l'étage, de toute façon.

Elle ouvrit le grand tiroir de son bureau et en sortit sa Boîte. Elle mesurait soixante centimètres sur cinquante-sept. Son poids dans ses mains lui donnait la chair de poule. Chaque fois qu'elle la touchait, elle ressentait de nouveau l'excitation qui la prenait depuis le début du lycée, à chaque fois qu'elle étudiait l'eau de mer. C'était la voie vers laquelle elle s'était dirigée dès ses quinze ans. De nouveaux cursus étaient apparus – bien trop tard –, axés sur l'écologie et « comment nous sortir de là ». Elle et trois ami·e·s avaient réussi à collecter de l'eau de mer l'année précédente, et comme la plus grande partie de leur scolarité spécialisée avait dû se dérouler chez eux, ils avaient tous le matériel pour faire des recherches. Et ils avançaient. Ils avançaient sur la piste de la désacidification de l'eau de mer. Ils pouvaient y arriver. Ils étaient la génération qui les sauverait. Partout dans le monde, des milliers de jeunes travaillaient, cherchaient, déconstruisaient pour leur futur.

Elizabeth sourit. Ils pouvaient y arriver. Et un jour peut-être, elle pourrait admirer les carpes koï nager paisiblement dans leur habitat naturel.

9

Madame Matheson

PAR NIKO TACKIAN

Lilian s'était connecté pour la dixième fois consécutive dans la Résonance de Steeve. C'était complètement contraire au protocole et une injustice totale pour celles et ceux qui méritaient la rotation. Mais Lilian avait une excellente raison. Il avait tout juste dix-sept ans, les hormones en ébullition et il lui avait fallu tout ce temps pour réussir à séduire Charlène – quelle que soit l'identité réelle qui se cachait derrière. Il avait donc bidouillé l'interface de connexion et le logiciel maître en y insérant un programme de sa composition permettant de le placer systématiquement au rang 1. Résultat : il se baladait en décapotable sous le soleil de Floride.

Entre Cap Canaveral et Miami, il y avait une ville nommée Cocoa Beach qui longeait la A1A sur des kilomètres de plages. C'est ce petit paradis de surfeurs qu'il avait décidé de charger pour l'ultime session durant laquelle il espérait enfin conclure. Son corps artificiel avait la peau tannée par le soleil, une longue chevelure blonde et les muscles saillants. Charlène observait la crête des vagues en souriant. Ses cheveux, blonds eux aussi, étaient maintenus par un ruban coloré et ses yeux d'un bleu turquoise masqués par d'élégantes lunettes. Lilian/Steeve prit le temps de détailler son corps aux dimensions parfaites. Sa poitrine se gonflait lentement et il pouvait apercevoir la pointe de ses mamelons percer sous le tissu de son débardeur. Combien de fois avait-il rêvé de lui arracher ses foutus vêtements pour la voir nue ? Mais la Résonance ne le permettait pas, et cela risquait même de le déconnecter directement en blacklistant définitivement son compte. Non, il fallait qu'il réussisse à la convaincre de l'aimer et qu'ils activent ensemble le niveau 2 du scénario pour enfin pouvoir accéder à ce à quoi il aspirait depuis des mois. Une fois la balade le long de la côte validée – un jeu d'enfant vu que c'était sa dixième tentative –, Steeve s'appliqua pour faire un créneau correct au parking de la plage. Il savait que la moindre erreur pourrait être disqualifiante. De son côté Charlène restait mystérieusement inactive et il se demanda quelles pouvaient bien être les épreuves de son personnage pendant ce niveau. À une centaine de mètres s'étendait une longue dune dont le sable blanc était aussi brûlant que du charbon ardent. Il n'oublia pas d'enfiler ses tongs, de prendre le parasol et sa planche de surf sous le bras.

De son côté, Charlène attrapa son cabas – dans lequel se trouvaient la crème et une bouteille d'eau rafraîchissante ainsi que deux serviettes de plage essentielles pour la suite du niveau. Ils marchèrent jusqu'à la plage où étaient déjà rassemblés un nombre impressionnant de couples Steeve/Charlène, tous identiques à part quelques détails physiques optionnels. Steeve repéra d'ailleurs un modèle de Charlène à petits seins et hanches étroites qui présentait un joli tatouage de salamandre sur la cuisse – il ne se souvenait pas d'avoir jamais vu ça ! Sans doute une mise à jour récente. Ils optèrent ensemble pour un coin un peu éloigné, pas loin d'une zone protégée – officiellement pour la nidification des tortues marines, mais Steeve soupçonnait que c'était une limite physique de la simulation. Charlène fit glisser son minishort en jean et dévoila un magnifique maillot blanc, bien échancré sur les hanches dont elle rajusta l'élastique sur ses fesses de déesse. Steeve lutta pour ne pas perdre le contrôle et l'aida à étendre sa serviette avant d'installer le parasol dans l'axe idéal pour leur procurer une ombre maximale.

Il se porta ensuite volontaire pour lui passer de la crème sur le dos et attrapa sa planche pour aller se jeter dans les vagues. C'est là que ça se compliquait sévèrement. D'abord il fallait qu'il réussisse à effectuer les bons mouvements pour valider son statut de surfeur, mais il y avait aussi une interaction sociale cachée à mettre en œuvre pour valider ce foutu niveau sur lequel il se cassait les dents depuis des mois. Il passa le mur des vagues, attendant la meilleure option pour lui faciliter la tâche. Steeve savait déjà que les vagues 1 et 2 étaient des pièges et il opta pour la 3 qui, bien que peu impressionnante, fournissait suffisamment de stabilité pour lui faire marquer un maximum de points. Charlène se tenait sur le dos, le buste relevé, et l'observait derrière ses lunettes de soleil. Elle semblait heureuse et il se dit que c'était bon signe. Steeve contracta ses bras et se projeta d'un coup sur la planche, trouvant l'équilibre parfait lui permettant le panel complet des figures configurées dans le mode. Il sentit une décharge d'adrénaline alors que son pied manquait de glisser en bout de vague, mais réussit à ne pas flancher. De retour sur la plage, Charlène l'attendait et lui proposa de boire un peu d'eau. C'est là qu'il s'entendit répondre – *Commence mon amour, je boirai après toi*, ce qui était une première tentative d'option de dialogue. Charlène enleva ses lunettes de soleil et lui sourit. Il venait enfin de valider ce foutu niveau.

Lost Inn Paradise, c'était le nom du motel dans lequel Steeve gara sa voiture avant de rejoindre le petit bureau où un employé mexicain lui demanda sa carte d'identité. Par chance, il ne l'avait pas retirée de son inventaire et l'action fut facilement validée. La clé de la chambre 12 en main, il longea une rangée de portes donnant sur un jardin se terminant par une longue traînée de sable. Au loin le paysage était flou, délimitant clairement l'espace de jeu disponible. La chambre 12 se composait d'un coin cuisine avec une petite table en Formica, d'un espace salon où trônait une télévision à tube cathodique – antiquité dont Steeve avait entendu parler lors d'une visite au musée avec sa classe –, d'une petite salle de bains, et surtout d'un immense lit aux draps impeccables. Charlène déposa son sac de voyage sur le sol et commença à sortir ses affaires qu'elle rangea consciencieusement dans un placard. Une option de dialogue lui proposa : *Tu veux que je t'aide, ma chérie ?* Mais il opta instinctivement pour : *Tu veux que je règle la clim moins fort, mon amour ?* Et eut un point de validation supplémentaire. Après avoir utilisé la bouilloire de la cuisine pour faire un café et vérifié les différentes chaînes de télévision – il n'y en avait en réalité qu'une seule dupliquée sur tous les canaux –, Steeve avait remarqué que Charlène s'était isolée dans la salle de bains, laissant la porte entrouverte. Était-ce un piège ? Ne résistant pas à la curiosité – et à la tension qui lui parcourait le bas-ventre –, il glissa doucement jusqu'à se positionner pour avoir un bon point de vue de l'intérieur. La jeune femme sortait de la douche, ses longs cheveux tombant sur ses épaules. *Tu m'aimes avec les cheveux lisses ou bouclés ?* demanda-t-elle avec un sourire de renard. Steeve/Lilian jouait gros sur cette réponse. Il retira une seconde ses lunettes de réalité virtuelle pour pianoter sur l'écran de son smartphone. Cheveux bouclés, cheveux indisciplinés, cheveux rebelles : symbole d'une personnalité fougueuse et affirmée… Oui, ça semblait convenir à l'idée qu'il se faisait de Charlène. *J'aime ta crinière de lionne*, répondit-il en retournant dans la chambre du motel. Charlène lui offrit un large sourire et la lumière se tamisa d'un coup.

Steeve était allongé sur le lit. Il avait choisi l'option de garder son boxer-short pour éviter de se retrouver nu trop rapidement. Charlène sortit de la salle de bains, le corps entouré par une serviette et se glissa sous les draps pour venir le rejoindre. Il se tourna vers elle et sentit le contact de sa peau alors qu'elle avait fait disparaître la serviette en un claquement de doigts – sans doute un combo complexe qui lui avait valu un bonus. Une douce chaleur émanait d'elle et commençait à le remplir d'un désir irrépressible. Il l'entoura de ses bras et la serra très fort. Leur étreinte dura un long moment avant que ses mains ne descendent le long de son dos. Apparut alors une option lui proposant d'accélérer les choses. Mais Steeve se sentait si bien qu'il oublia de la lire et ne répondit pas dans le temps imparti. La petite cloche du timer lui indiqua que son choix était fait et Charlène prit un peu de distance pour le regarder dans les yeux. Pendant un court instant, il ne sut plus distinguer le réel, rien ne comptait plus que le regard de cette femme et la chaleur intense de leur communion. Elle pencha alors son visage vers lui et déposa sur ses lèvres le plus langoureux baiser qu'il avait jamais vécu. Et puis plus rien… En l'espace d'une seconde, le motel se désagrégea en une pluie de pixels et finit par disparaître pour ne laisser que le néant.

— Bordel de merde ! hurla Lilian en retirant son casque.

Tout autour de lui, son minuscule appartement était plongé dans une totale obscurité. Le rack entier de disques durs ne pulsait plus aucune lumière, si bien qu'il comprit que c'était une panne générale. Il poussa ses rideaux pour observer la barre d'immeuble encadrant sa résidence et n'aperçut qu'une silhouette grise dans une nuit sans lune. Il quitta alors sa combinaison VR et se glissa du siège de son bureau jusqu'à son lit pour essayer de trouver le sommeil malgré la faim qui le tenaillait.

Le lendemain matin, le courant n'était toujours pas revenu dans son quartier. C'était ainsi depuis le début de l'épidémie, on vivait au jour le jour. Après avoir dévoré son petit déjeuner, il se dit qu'il était temps de descendre le sac-poubelle qui embaumait l'air du salon depuis trois jours. Le visage de Charlène et le doux baiser qu'elle lui avait donné continuaient de le hanter comme la promesse d'un paradis au milieu de l'enfer. Il poussa la porte de son appartement et dévala les marches pour rejoindre la cave où se trouvaient les poubelles automatisées. En remontant, il entendit des pas descendre péniblement les dix étages de sa barre. C'était Mme Matheson, sa voisine du septième, une aimable vieille dame dont il s'était demandé plusieurs fois si elle n'avait pas succombé à l'épidémie dès les premiers jours. Il la salua d'un geste discret, évitant de trop s'approcher d'elle au cas où. C'est alors qu'il aperçut sur le bas de son mollet un petit tatouage en forme de salamandre qui le replongea directement sur la plage de Cocoa Beach. Stoppé net dans son élan, il lui rendit son sourire alors qu'elle le dépassait pour accéder à la sortie de l'immeuble. Et il vit clairement sur son front la marque que laisse le casque VR après plus de vingt-quatre heures d'utilisation. Il y eut comme un bruit de vagues et Lilian reprit son chemin.

10

L'Écologie émotionnelle

PAR MATHIAS MALZIEU

Ma prise de conscience écologique datait de mes premiers pas de surfeur. Lorsque l'océan vous transforme en dieu maladroit, ne serait-ce que le temps d'une glissade sur une vague médiocre, on ne supporte plus les sacs-poubelle ni les bouteilles en plastique abandonnés sur la plage. La réaction dépasse la question idéologique, elle devient physique. Je me souviens également d'une traversée du lac d'Annecy lors d'un passage au festival Musilac. J'échappai au tumulte pour une petite heure en paddle board. En quelques minutes, le lagon m'offrit son silence de clapot. Je marchai dans un ciel inversé piqueté de goélettes quand soudain, un vilain son de boîte de nuit des années 1980. Je me retournai et découvris un atroce bateau à moteur rempli d'une armée de clones à bob jaune. Un animateur hurlait dans un mauvais micro des choses comme « Alors ? On s'éclaaaaateeeeuuuuu ? ». Je tanguais dans les remous du bateau, ils s'esclaffaient en faisant coucou. Avec ce sentiment d'impunité de ceux qui sont plus grands que vous. Dans leur sillage, gobelets, bouteilles et musique en plastique. Je venais d'assister à un viol de lac.

Outre la question du respect et de l'écologie, nous enseigne-t-on suffisamment le rapport à la beauté ? Tout le monde naît avec une imagination chatoyante, pourquoi ne pas développer ce muscle, plutôt que de l'atrophier ?

L'écologie devrait être émotionnelle. Pour qu'elle devienne un réflexe joyeux plutôt qu'une morale. Pour faire rêver, il faudrait qu'elle soit concrète. C'est gratifiant de ressentir la beauté d'un poème, d'assister au spectacle sidérant d'un volcan en éruption ou même du vent qui secoue les feuilles d'un platane sur le boulevard Magenta. Plutôt que l'explication, c'est l'expérience qui permet de faire le lien, de le ressentir. Notre planète et sa nature sont notre plus formidable atelier de fabrication du Beau. Si nous parvenions à personnaliser l'expérience de la beauté, nous augmenterions la qualité de la réaction collective. S'amuser en travaillant. Travailler à s'amuser. Utiliser les chemins de traverse. Se perdre pour se retrouver, encore.

11

La Révolution Bienveillante

PAR IAN MANOOK

En 2984, dix ans après la Grande Vitrification, la tragédie planétaire qui provoqua la longue et violente révolte des Jaunoïdes, la Conférence Stellaire Suprême fit son autocritique et se résolut au retour à la théorie de l'Humanisme Terrien comme fondement officiel du nouvel empire.

Dans le cadre de ce revirement idéologique profond, des unités technoïdes dédiées furent conçues et programmées pour aller prospecter, collecter et identifier tout élément matériel ou digital permettant la reconstitution pédagogique de cette humanité oubliée.

La découverte qui marquera l'histoire du quatrième millénaire est due à un technoïd autonome à connaissance acquise de dernière génération, le PM1308. PM1308 isola, dans sa zone de prospection, deux cents mètres sous le glacis nucléaire hydrogénisé, des nanoparticules de matière qu'il identifia aussitôt comme du résidu d'un matériau ligneux naturel depuis longtemps disparu et qui entrait, selon son encycloïde, dans la fabrication de ce qu'on appelait alors de la pâte à papier, antique support de connaissances primaires d'avant l'Intelligence postartificielle disparu depuis des siècles.

Ce que les humanoïdes de l'époque ignoraient, c'est la capacité de la matière à garder dans son ADN les marques de ses transformations successives. PM1308, grâce à ses billiards de gigaoctets de mémoire synthétique, reconstitua dans l'instant, à partir de ces nanoparticules, la représentation virtuelle en 5D des objets qu'elles composaient.

Ce que PM1308 identifia aussitôt comme un livre d'abord. Puis des livres. Puis un ensemble de livres identifié à l'époque comme une « bibliothèque », l'équivalent d'un data storage de première génération. Des centaines, des milliers de livres, dont PM1308 acquiert et maîtrise aussitôt l'immédiate connaissance. Du sang, des meurtres, des complots, du sexe, de la trahison, de l'amour. Autant d'éléments non valides à charge affective déprogrammée. Pourtant, malgré son étalonnage anti-émotionnel très calibré, PM1308, au visionnage hologrammique de cette bibliothèque virtuelle, sentit un étrange courant parasite surchauffer ses connectiques

Et quand il poussa ses investigations pour ordonnancer et classifier ces nouvelles data ressources, ces troubles de transmissions s'accentuèrent parce que si la matière garde les traces de ses transformations, elle garde aussi toute trace de ses manipulations successives. Et les mesures de PM1308 révélèrent que ces milliers de livres avaient été manipulés des milliers de fois. Non seulement mécaniquement, mais surtout avec émotion. Les capteurs de PM1308 détectèrent ce que ses data bases identifièrent comme des comportements émotifs primaires. Notamment de « l'amour ». Ces milliers de livres avaient donc été chéris, aimés. Certains portaient même l'empreinte émotionnelle de plusieurs relectures. Une dizaine, quelquefois. Incompréhensible pour PM1308 pour qui toute acquisition de connaissance était programmée pour être immédiate, complète, unique et définitive.

PM1308 eut alors recours à son programme de corrélation active pour dessiner à partir de ses mégabases le profil de l'être étonnant qui avait perdu autant de temps à collecter, lire, classer et aimer tous ces livres, à la fois dans leur unité et dans leur globalité.

Outrepassant ses habilitations programmatiques, PM1308 concentra alors toutes ses énergies sur la représentation hologrammique de cet être improbable. D'un champ électrique confus jaillirent alors quelques éclats de lumière rose qui s'étirèrent aussitôt en volutes et spirales et qui, peu à peu, dessinèrent, façonnèrent et recomposèrent la silhouette d'un humain de l'âge prédroïdal.

Pas très grand, un peu court sur pattes même, le cheveu ras, le visage fendu d'un large sourire complice, l'œil frisé de malice, les sourcils étonnés, en accent circonflexe. Et avant même que PM1308 puisse réagir, l'image s'adressa à lui :

— Oh là là, toi alors, je te le dis gentiment, mais avec l'air con que tu te trimballes, je suis sûr que t'as pas dû souvent lire du Hammett ou du Manchette !

Et d'ajouter aussitôt, en passant son bras autour de la carrosserie multicarbonée de PM1308 qui en tressaillit de surprise :

— Ce n'est pas grave, camarade, il n'y a pas d'âge pour apprendre. Je serai ton prof de noir, si tu veux. J'ai toujours rêvé d'être professeur. Quel beau métier, professeur !

Et comme PM1308 ne réagissait pas, le sourire de l'humain se fendit jusqu'aux oreilles et dans son regard pétilla une lueur gourmande.

— Quoi, *compañero*, ne me dis pas que tes abrutis de concepteurs ont oublié de te programmer un dictionnaire des contrepèteries !

— Si, mais je n'ai pas la connaissance de son utilité..., s'excusa PM1308 en surchauffant aussitôt du dysfonctionnement qui l'avait poussé à engager un tel relationnel non programmé.

— Mais quelle bande de cons ! s'exclama l'hologramme rigolard, la contrepèterie, c'est bien plus que du jeu de mots laid, camarade ! Ça sert par exemple à savoir que Le Caire est noir de monde ! Que pour bien dîner il faut être peu ! Qu'il vaut mieux arriver à Béziers la veille et que lorsque les athées se battent, les abbés se taisent !

En une nanoseconde, PM1308 analysa toutes les définitions possibles de la contrepèterie et en recensa la totalité des expressions possibles que son vocaphone polyglotte restitua aussitôt.

Je n'ai pas de rebord à mes épaulettes.
Ça change des maths.
Retire la lampe, que je guette.
Elle s'est tordu l'humérus.
Macron nous a dit deux gros mois.
Salut Patrick.
Sabine a piloté toute la nuit.
Ton image est beaucoup trop saine.
À la vue des Nippons, la Chine se souleva...

— Non, non, non ! s'exclama l'hologramme, débité comme ça, ça brouille l'écoute ! Tu ne dois pas te comporter simplement comme une grosse boîte pleine de piles, il ne suffit pas de compter les points ! Si tu veux, je serai ton professeur.

— D'accord. Quel beau métier, professeur ! se surprit alors à répondre PM1308. Beau métier professeur, beau fessier prometteur…

— Oui, oui, c'est un classique, j'avais compris, s'esclaffa l'hologramme en riant.

PM1308 identifia l'étrange picotement qui grésille dans sa connectique comme un « plaisir complice » dont il alla chercher la définition dans sa data base.

— À quoi bon vouloir le définir ? dit l'hologramme. Contente-toi de le ressentir.

— Il n'y a aucune utilité au ressentiment, récita PM1308.

— D'abord il ne s'agit pas de ressentiment, mais de sensation. Et ensuite les émotions ne s'évaluent pas selon un critère d'utilité.

— À quoi servent-elles alors ?

— À donner du sens.

— Du sens à quoi ?

— Du sens à la vie.

— À ton obsolescence programmée ? Allons bon, aucun homme n'est jamais assez fort pour ce calcul !

L'hologramme regarda PM1308, les yeux plissés d'amitié.

— Décidément, tu apprends vite, toi. Allez, un petit calcul et on s'en va !

PM1308 fit mouliner ses calculateurs pour déterminer l'algorithme qui pourrait qualifier l'être étrange pour lequel il ressentait une sorte d'attirance qu'il identifia comme de l'attachement. Attachement : sentiment d'affection durable qui unit aux personnes et aux choses.

— Bienveillant, lâcha PM1308 dans une sorte de murmure robotique pensif, c'est une fine appellation…

Alors l'homme sourit encore à PM1308, et se mit à marcher avec lui vers un horizon lumineux.

— Tiens si tu m'hologrammes une guitare, *compadre*, je te chante *Pepito de Los Machucambos*. Ou *La Digue du cul*, si tu préfères.

PM1308 déclencha tous ses protocoles pour chercher à comprendre. Il surchauffa ses neurones numériques, électrisa ses synapses digitales et soudain son calculateur interne, qui avait passé au crible les dix derniers siècles de connaissances accumulées, afficha le résultat de son analyse : cet homme est « bienveillant ». Bienveillance : capacité à se montrer indulgent, gentil et attentionné envers autrui de manière désintéressée et compréhensive.

— Tu as lu Leroy, Ledun, Dessaint, Del Arbol ? Pas mémorisé, hein, mais lu ?

— Non, avoua PM1308, je ne sais que passer au crible des logiciels qu'on a déterminés pour moi l'ensemble des savoirs acquis. En fait, je l'avoue, j'ai peine à lire.

— Alors je vais t'apprendre…

Et on raconte aujourd'hui encore que c'est ainsi qu'a commencé, en 2984, avec l'hologramme d'un terrien qui chantait des romances espagnoles et un technoïd qui parlait par contrepèteries, la longue marche de retour de la Révolution Bienveillante vers l'Humanisme Terrien.

Inspiré de mon hommage à Claude Mesplède.

12

Sauver

PAR CÉCILE COULON

quand on me demande si j'ai
le début de la moitié d'une idée
pour sauver le futur,
je me demande si le futur veut bien être sauvé
s'il n'en a pas marre qu'on parle de lui alors qu'il n'est pas
dans la même pièce,
dans la même rue,
dans la même vie.

On parle du futur comme on parle des nouveau-nés :
on se fait des listes à cocher, on repeint des chambres,
on ne cesse jamais d'ouvrir de trop larges guillemets.
On lui donne des prénoms :
doit-on choisir un patronyme du passé
avec ce que cela implique d'anciennes erreurs

et de vraies décisions ?
Doit-on opter pour l'intemporel, surtout ne rien changer,
et choisir la voie de ce qui n'est pas forcément beau ni bon
mais qui, au moins, nous satisfait ?
Ou alors, doit-on choisir d'abandonner nos calendriers,
nos dates, et toutes nos projections,
nos fantômes et nos mauvaises années,
pour inventer, avec des lettres connues,
un prénom que personne n'aura jamais, avant nous, entendu ?

On parle du futur comme on parle d'une maison,
mais pas d'une maison qui ressemble à celle que l'on habite,
à celle qui nous abrite,
non, une maison rêvée.
C'est drôle comme nous savons,
si bien,
parler de choses rêvées tout en les nommant « réalité ».
Alors on prend de grandes feuilles à dessin,
on se met autour d'une table, avec des adultes préparés
à travailler, à réfléchir, à chercher,
on se met ensemble pour construire, c'est si beau,
construire un endroit nouveau,

que nous viendrons, une fois de plus, abîmer.
Cette maison on en parle très tôt, dès l'adolescence :
coincés dans celle de nos parents, dans des fermes
ou de petits appartements,
on s'imagine des lieux qui ne ressemblent pas
à ce que nous avons.
Des lieux qui ressembleront sans doute
à ce que nous serons.
On y pense, seul, avec des amis qui partagent
l'idée d'un endroit qui aurait la forme d'un nid
et la douceur d'une chanson.
Puis on grandit : le rêve est modifié,
par le travail, les voyages, le goût pour des couleurs et des objets,
on trimbale avec soi, de lieu en lieu,
des reliques des maisons d'autrefois.
On emporte un organe de ces corps de béton et de bois,
des jeux, des statues, des casseroles, n'importe,
on lui brise le corps, mais partout, on garde un des morceaux
avec soi.
On fait de même avec l'idée qu'on a de son avenir :
avec le temps, les pièces sont modifiées, la décoration change,
on prend des mesures, on les jette,
on s'éparpille, on l'explose, et doucement,
on le range.

On parle du futur comme d'une maison que nous n'aurons jamais :
il faudrait, pour passer la porte, être arrivé,
au bout de soi-même, être la version la meilleure,
et pour cela il faut avoir goûté, un peu,
à ce que les romanciers appellent « la sensation discrète du bonheur ».

On parle de l'avenir comme de son plat préféré :
on y pense en salivant, ce sera si bon, ce sera si doux.
Cela nous rappellera les bons moments et les grandes joies du passé.
On se prépare bien à l'avance, pour le jour et la date,
on veut que cela soit fait par une certaine personne,
souvent une femme,
on veut que ça ait l'odeur et le goût de notre enfance.
Voilà un refuge bien gardé : la nourriture qui vient de loin.
On se dit : dans mon futur, je ne serai plus le même
mais j'aimerai toujours la crème glacée
et la viande de bœuf qui saigne.
Même si je deviens un autre homme, une autre femme,
même si je pars si loin que j'en oublie ma terre,

la pensée d'une purée maison ou d'une tarte aux pommes
suffit à me ramener là où je ne retournerai jamais.
C'est ce qu'on attend du futur : qu'il y ait dedans une pièce,
la cuisine,
où rien n'a changé. Où l'on a sauvé ce qui
pour nous,
méritait d'être sauvé.

On parle aussi, beaucoup, du futur comme d'un enfant.
Surtout celles et ceux qui viennent d'en avoir un :
soudain il n'est plus question de soi mais de ce qu'on va laisser,
il n'est plus question de sa propre mort mais de ce qu'il y aura après.
On pense à ce futur, à la couleur de son ciel et de ses arbres,
on se dit qu'on doit être avec lui doux et ferme,
serein et calme.
Qu'il faut le protéger des méchants, des misères,
et des mauvais climats.
Et de nous-mêmes.
Si le futur est un enfant, il naît dans un corps qui n'a pas
assez entendu les mots « je t'aime ».

Alors, d'une certaine façon, avec cet enfant,
on essaye, avec une éducation dont on connaît les failles,
mais dont on sait aussi qu'elle est un système
qui fonctionne.
Cet enfant on en fait un roi tout en écrasant par terre
sa couronne.

On parle du futur qu'il faut, déjà, sauver, pour qu'il puisse exister,
comme on parle d'un être humain qui n'est pas encore né :
il faut tout prévoir, tout organiser, il faut les bonnes couleurs,
les bons vêtements, la bonne température.
On n'imagine pas une seconde qu'il y aura, forcément,
une immense marge pour nos ratures.
On pense aux leçons qu'on devra lui donner
alors que nous devrions d'abord, nous, les recevoir :
la logique, les multiplications, la grammaire,
le bon sens des mots, et la difficulté de nos conjugaisons.
On formule, d'avance, des conseils que nous avons reçus,
et que nous n'avons pas suivis. Alors on s'en remet

à l'enfant qui va naître, en espérant qu'il fera
quelque chose de sa vie.

On parle du futur comme d'un animal en cage effrayé
par la tempête, les cris, la maltraitance régulière
de celles et ceux qui ne voient dans cette bête
qu'une monnaie d'échange, qu'un trophée.
Il nous faut un plan solide pour ouvrir les barreaux,
soigner l'animal blessé et le voir, à nouveau,
grandir, courir, et être aimé.
On parle du futur comme d'une espèce protégée,
d'une espèce en voie de disparition,
ça fait déjà longtemps qu'on l'entend
« No future »,
c'était, à l'époque, un mouvement,
c'était, à l'époque, à la mode,
il n'y avait pas d'avenir,
donc pas de futur à sauver.
Maintenant il faudrait prendre soin des rares cas
de futurs possibles encore en vie sur cette planète,
porter un regard rigoureux, précis,
à ce que nous avons, nous-mêmes, détruit.
On caresse dans le sens du poil l'animal sacré,
après lui avoir fiché un plomb dans la patte,
une balle dans l'aile,

on lui dit que tout ira bien mais
nous l'avons presque tué.

On parle du futur mais il commence avant
que nous commencions à en parler.
Il commence comme les grandes histoires,
entre les lignes, caché dans les silences,
niché dans les regards évités.
On croit sauver le futur mais c'est lui
qui nous tend la paume
alors que nous l'avons si souvent
lâchée.

13

Ouest

PAR FRANCK BOUYSSE

Voilà un mois que Ouest avait enterré le dernier cadavre charrié par les inondations. Le cercueil en bois de chêne était encore intact, avec les quatre poignées sur les côtés et la plaque en laiton vissée dans le couvercle. Ouest avait bien connu le père Sabolo, un vieil émigré italien, espiègle et grivois, qui avait pour habitude de renifler durant de longues minutes son demi-Toscano avant de le fumer, puis il s'amusait du vide qui s'opérait autour de lui une fois la première bouffée expulsée par sa bouche. Après la découverte du cercueil, Ouest était retourné chercher son cheval et avait glissé une corde entre les deux poignées de devant, puis l'avait arrimé au mantelet et avait traîné le cadavre et plus que le cadavre : le souvenir de Sabolo fumant son cigare en souriant ; jusqu'au cimetière situé sur les hauteurs. À l'aide d'une barre à mine, il avait alors tâté le terrain pour délimiter la zone la moins rocailleuse puis avait creusé la terre tout l'après-midi, utilisant la pioche et une pelle large, pour agrandir le trou. Il avait ainsi déterré le crâne d'un hérisson, un bon mètre de ficelle en nylon de couleur bleue, un gond rouillé et gauchi, une bille en argile et un éclat de verre provenant d'un cul de bouteille, en plus de la caillasse et de la terre. Il avait aussi dû trancher les racines d'un acacia pourtant éloigné d'une vingtaine de mètres, et des gouttes de sève perlaient encore sur les coupures, brillantes comme les yeux d'un chat dans la nuit. Ouest s'arrêtait parfois de creuser, se redressait, crachait dans ses paumes et la salive se colorait alors en nuances de Sienne. Au moment d'en finir, ses épaules et sa tête dépassaient de la surface, maintenant qu'il avait traversé trois horizons, du plus foncé au plus clair, du plus fin au plus épais ; le dernier, semblable à du nougat.

Des tombes, Ouest en avait creusé beaucoup. À chaque fois, il avait la sensation que les pelletées représentaient les pages d'un livre, les mottes pareilles à des mots ponctuées par quelques pierres. La terre racontait son histoire et il avait appris à déchiffrer son langage.

Ses parents l'avaient appelé Ouest, d'abord parce qu'ils aimaient ce mot et ce qu'il véhiculait de rêve, et aussi parce que personne n'avait eu cette idée avant eux. Ils lui avaient transmis l'amour de tout, du chien à la fourmi, du rocher au gravier, du bourgeon qui éclôt à la feuille qui tombe. Son père creusait lui aussi des tombes en son temps, avait appris le métier à son fils, comment ménager ses efforts et préserver au mieux son dos. Quant à sa mère, elle lui avait donné le goût du lait et des histoires qui racontaient la nature et ce qui la peuplait. Le mot bruit était banni de son vocabulaire. Elle ne parlait que de voix à entendre et à traduire pour peu qu'on soit attentif, celle de l'eau, du vent, des animaux terrestres, des oiseaux, et celle des humains quand elles ne trahissaient pas les autres voix. Une éducation faite de travail et de bonheurs simples qui rassemblait la famille autour d'une même symbolique divine. À la mort de son père, Ouest avait pris la relève, devenant officiellement le fossoyeur du village. Sa mère avait suivi son homme de près, dans une même tombe creusée par Ouest. Il n'avait ni frère ni sœur.

Après l'inhumation de Sabolo, Ouest retourna dans les basses terres que les cultures intensives avaient rabotées de leur couche arable puis que les inondations avaient fini de raviner. À la suite de la première catastrophe, beaucoup fuirent en barque et quelques-uns se réfugièrent sur les toits en attendant la décrue et la décrue était venue et puis une autre crue. Les plus opiniâtres emportèrent ce qu'ils purent sauver dans les hautes terres préservées des inondations, s'y réfugièrent un temps, puis partirent pour toujours.

Ouest descendait souvent au village à dos de cheval, au village ou plutôt dans ce qu'il en restait, c'est-à-dire des ruines assaillies par la végétation, si bien qu'on ne les distinguait presque plus. Un acacia avait poussé dans la maison où il avait vécu et un des pignons encore debout était recouvert de lierre, semblable à une pierre tombale aux teintes bucoliques. Un couple de chardonnerets avait élu domicile derrière l'épaisse couche de feuilles brillantes comme du granit. Un matin, Ouest assista même à la sortie du nid de quatre jeunes, à leur premier vol maladroit, accompagnés de leurs parents ; puis, d'une branche à l'autre, d'abord rapprochées, ils allongèrent les distances et disparurent.

Ouest s'employa longtemps à collecter toutes sortes d'objets, des armes, des munitions, vidant le contenu des caves encore accessibles. Il se soûla une seule fois, économisant depuis son ivresse pour ne pas être tenté d'y trouver un refuge temporaire et trompeur. Ce fut lors d'un de ses périples qu'il découvrit la première boîte, ou plus exactement un de ses coins, probablement charriée par les eaux. Après avoir été enfouie un temps sous la boue, elle était remontée à la surface, comme recrachée par la terre. Ouest s'agenouilla et creusa méticuleusement autour avec ses mains, de sorte à dégager la grande boîte à biscuits carrée à peine cabossée. Il n'y avait pas le moindre biscuit à l'intérieur, mais une lettre, nullement adressée à quelqu'un en particulier. Ouest l'avait aussitôt lue.

Je suis une femme sans âge. J'ai depuis longtemps refusé de compter les années. Ma peau a travaillé et mes cheveux sont blancs, pour ce que j'en aperçois, après que j'ai brisé tous les miroirs dans ma maison. Mon homme est mort, nos quatre enfants sont grands et loin de moi. L'envie de partir, de conquérir le monde, les a pris un par un. Je n'ai alors pas osé leur dire qu'ils partaient à la conquête d'une idée, pas du monde. Aujourd'hui, ils sont sûrement revenus de l'idée, mais pas du monde. Ils m'appellent de temps en temps, afin de prendre des nouvelles de ma santé, savoir si je ne manque de rien. Je ne manque de rien, pas même d'eux. Je n'ai aucun désir de les revoir, que leurs défaites deviennent les miennes en constatant ce qu'ils sont devenus ; juste garder en mémoire l'émotion du départ et leur pas déterminé, habillé d'illusions. Les entendre me suffit amplement. Je conserve le souvenir ému de leurs visages juvéniles, me préservant ainsi des rides, du feu éteint dans leur regard et plus encore de toute forme de bonheur que je pourrais y déceler. J'en sais suffisamment pour savoir que la marche du monde les a broyés, qu'ils œuvrent à la disparition de la planète, chacun à sa manière, assis devant un écran, occupés à transférer le malheur d'un bout à l'autre du globe d'une simple pression du doigt. Je suis peut-être vieille, mais je me tiens informée, je réfléchis, je comprends pas mal de choses. Même si je ne dis rien, je ne suis pas idiote. De toute façon, cette terre qu'ils ont quittée voici des décennies ne les appelle pas, ne leur parle plus ; c'est elle qui a renoncé à eux plutôt que le contraire, et c'est très bien ainsi.

À l'heure où j'écris ces mots, nous ne sommes plus que dix-sept à vivre ici, dix-sept sursitaires, qui parlons du passé, non pour le revivre, mais pour confronter nos mémoires et nous persuader qu'il a bien existé. Ces enfants qui riaient, qui pleuraient, qui couraient, qui se chamaillaient, nous faisaient tourner en bourrique ; ces enfants que nous avions été. Les enfants rendent moins vieux, mais ils ne naissent plus ici. Sur dix-sept, combien partiront cette année. J'envisage mon tour, même si je n'y crois pas. On sent la chose arriver par chez nous. Elle ne prend pas en traître, la chose, ou si c'est arrivé, elle avait ses raisons. Moi, je ne sens rien venir encore.

Lorsqu'il ne subsistera que la terre et plus personne à porter que l'ultime survivant, je plains ce dernier des derniers, ne pouvant être enseveli, qui flottera alors à la surface. Je jure que ce ne sera pas moi.

Maria

La lecture de la lettre émut Ouest aux larmes. Il n'avait pas connu cette Maria, elle n'était pas de son village. Il eut le sentiment d'être le dernier des derniers dont parlait la femme. À partir de cette découverte, après avoir enterré des corps, sa vie prit un nouveau sens : rechercher d'éventuelles boîtes. Son obstination porta rapidement ses fruits. D'autres humains, quelque part, avaient eu la même idée que Maria. Ouest apprit à repérer les boîtes. À sentir leur présence, même sous une couche de feuilles et le lit d'une mousse, un peu comme une truie le ferait d'une truffe. À la nuit tombée, il lui arrivait d'entendre parfois les voix de celles et ceux qui les avaient abandonnées à la manière de naufragés jetant des bouteilles à la mer. Ouest déterra ainsi un grand nombre de boîtes de diverses factures, qu'il appela *boîtes-mémoire*. Il les conservait dans sa cabane construite dans les hautes terres, constituant un véritable musée. Elles contenaient des témoignages ou bien des lettres, des poèmes, des objets, des livres, pour l'essentiel.

Ouest eut alors l'idée d'écrire lui aussi quelques mots sur une feuille et l'enferma dans une boîte, qu'il irait lui aussi jeter à la terre.

À l'endroit où je vis
Le ciel est à l'envers
Et les oiseaux dedans
Dérivent au-dehors
Quand viendra le moment
Je suivrai leur sillage
Ouest

Les journées de Ouest consistaient à épousseter les boîtes, en ouvrir certaines, contempler les objets, relire les lettres qu'elles contenaient, voyager ; puis à entretenir méticuleusement le cimetière. Le reste du temps, il s'en allait pêcher ou chasser ou cueillir des fruits pour se nourrir. Il s'était constitué un verger en arrachant puis replantant de jeunes arbres. Cela faisait des semaines, peut-être des mois, qu'il n'avait pas découvert de nouvelle boîte, mais il avait conservé l'habitude de descendre jusqu'aux basses terres en fin d'après-midi. La végétation recouvrait désormais entièrement les ruines et il viendrait un temps où il ne pourrait même plus y accéder.

La première fois qu'il remarqua les branches cassées et le sol piétiné, il pensa qu'un cerf s'était frayé un passage afin de rejoindre la rivière. Dans les jours qui suivirent, il découvrit d'autres traces à divers endroits. Il savait d'expérience qu'un animal sauvage aurait emprunté le même chemin. Plus d'une fois, Ouest avait escaladé un bout de mur encore debout, épiant d'éventuels mouvements. Il sentait par instants un regard peser sur ses épaules et se retournait. Il n'avait jamais décelé la moindre présence. Ce mystère devint sa nouvelle obsession.

Ouest voulut en avoir le cœur net. Une nuit de pleine lune, il descendit à l'ancien village muni de son fusil et grimpa dans un hêtre aux branches tentaculaires puis s'arrima à l'aide d'une corde qu'il avait emportée pour le cas où il s'endormirait. L'excitation était telle qu'il ne s'endormit pas.

L'aube se levait lorsqu'il entendit un bruit de brindilles cassées. Il aperçut bientôt une forme bousculant les branches basses et une silhouette apparut, vêtue d'une veste de camouflage, la tête recouverte d'une capuche. L'intrus ne semblait pas armé. Ouest attendit qu'il s'éloignât un peu, détacha la corde, descendit de l'arbre et le suivit discrètement, fusil en main. Une fois qu'il eut comblé en grande partie la distance qui le séparait de l'inconnu, Ouest cria :

— Arrêtez-vous ou je tire !

L'autre obéit.

— Levez les mains en l'air… tout doucement.

L'inconnu hésita un long moment, puis leva les bras et il tenait un couteau dans une main.

— Lâchez ce couteau.

Le couteau tomba au sol et la lame jurait parmi les feuilles mortes d'un chêne américain.

— Tournez-vous lentement et enlevez cette capuche.

Nouvelle hésitation, puis l'inconnu se retourna et retira sa capuche. C'était une femme, plutôt jeune pour ce que Ouest pouvait distinguer, malgré le visage maquillé au charbon de bois.

— Tu viens d'où ?

Elle fit un signe de tête en direction de la colline plus au nord.

— Je croyais qu'il n'y avait plus personne de vivant là-bas.

— Y a moi.

— Et qui d'autre ?

— Personne d'autre.

— Comment tu t'appelles ?

— Avishag.

— C'est pas un nom d'ici.

— C'est le mien.

— Qu'est-ce que tu viens faire là ?

— Y a un bon coin de pêche un peu plus bas sur la rivière, j'y vais quand t'es pas là.

— Pourquoi tu te caches, tu as quelque chose à te reprocher ?

— Je sais pas qui tu es, et puis j'aime pas les armes à feu, dit-elle en fixant le fusil.

— Bon, qu'est-ce qu'on fait maintenant ?

— J'en sais rien, je suis pas en position de décider.

Ouest mit sa carabine à l'épaule.

— Tu me mens pas au moins, y a personne qui va rappliquer ?

— Tu crois que c'est moi qu'on enverrait, si c'était le cas ?

Ouest réfléchit un instant. La jeune femme n'avait aucune raison de lui mentir.

— J'ai tué un lièvre hier, ça te dirait d'y goûter ?

— Ça fait un bail que j'en ai pas mangé.

— Alors ?

— Tu me feras pas de mal ?

— Si j'avais voulu t'en faire, tu serais pas en état de poser la question.

Ouest fit passer la jeune femme devant et ils rejoignirent les hautes terres en silence. En pénétrant à l'intérieur de la cabane, elle marqua la surprise et demanda ce qu'étaient toutes ces boîtes rangées sur les étagères et à quoi correspondaient les dates inscrites sur les cartons. Ouest raconta la découverte de la première boîte et tout ce qui avait suivi, pendant que la jeune femme les passait en revue, et elle en effleurait certaines du bout du doigt.

— Tu peux ouvrir toutes celles que tu veux, si tu as envie.

— Non, je préfère pas.

— Comme tu voudras…

— Peut-être plus tard.

Depuis qu'il vivait seul, le temps était une telle abstraction, que l'idée d'un « plus tard » apparut à Ouest comme une excuse recevable. Il fit réchauffer le lièvre rôti ainsi que des haricots blancs, puis remplit généreusement une assiette. La jeune femme se précipita dessus et la vida en mâchant à peine les aliments. Ouest proposa de la resservir, mais elle répondit que ça suffisait pour l'instant. Il se mit à lui poser des questions. Elle expliqua comment elle avait survécu après la mort de ses parents emportés par les eaux en tentant de sauver une vieille dame, raconta le départ des survivants, tout comme ici.

— Pourquoi t'es pas partie comme les autres ? demanda Ouest.

— Je peux te retourner la question.

— C'est mon métier d'enterrer les morts, je suis resté pour ça, après c'était trop tard pour imaginer aller ailleurs.

Avishag prit une longue inspiration, mais Ouest n'entendit pas l'air ressortir.

— Les corps de mes parents n'ont jamais été retrouvés. Ils sont quelque part dans cette vallée. Pour rien au monde je voudrais les abandonner.

Et puis, je suis pas sûre qu'on survive ailleurs bien longtemps.

— Si ça se trouve, je les ai retrouvés et enterrés. Y a plein de tombes anonymes.

— Possible.

— Qu'est-ce que tu comptes faire, maintenant ?

— J'en sais rien.

— Ça te dirait de monter jusqu'au cimetière ?

— Pourquoi pas.

Lorsqu'ils sortirent de la cabane, une lumière vibrante inondait la vallée et la rivière apparaissait par endroits entre les arbres comme des éclats de verre de différentes tailles.

— On n'a pas de raison d'aller ailleurs quand on a ça sous les yeux chaque jour, pas vrai !

Avishag ne dit rien. Ouest prit la direction du verger qui menait au cimetière, suivi de la jeune femme. Elle s'émerveilla à la vue des arbres croulant sous les fruits, dont Ouest avait dû étayer certaines branches basses pour qu'elles ne se brisent pas. Avishag cueillit une pomme, qu'elle lustra longuement dans le pli du coude, puis croqua dedans. Ouest la fixait.

— Qu'est-ce que tu faisais avant ? demanda-t-il.

— Ce que je faisais ?

— Comme métier, je veux dire.

— J'étais charmeuse de serpents, répondit-elle en souriant pour la première fois.

14

La Fierté des Centeno

PAR CATHERINE DUFOUR

Ils étaient deux frères, ou plutôt deux amis proches comme des frères peuvent l'être mais ne le sont que rarement. L'un et l'autre avaient le même teint frais de pain tout juste sorti du four, et qui sent si bon qu'on voudrait en manger l'odeur. Le premier était plutôt pain de seigle, le second assez pain d'épeautre. L'un était plus petit, l'autre moins large, mais ils s'entendaient si bien qu'ils se ressemblaient comme deux larmes de rire.

Le premier, qui s'appelait Centeno, avait la manie de traquer les déchets. Équipé d'un sac en plastique cent fois recyclé et d'un gros gant très sale, il ramassait les mégots, les emballages froissés, les vieilles bouteilles aux flancs enfoncés, les éclats, les lambeaux, les esquilles et les tessons. Tout ce qui se trouvait sur sa route et qui, disait-il,

« tranchait dans le paysage comme dans mon œil », finissait au fond du sac accompagné d'un gros mot. À force, Centeno connaissait beaucoup de gros mots dans pas mal de langues, et quelques mots énormes qu'il avait inventés.

Une fois son sac plein, Centeno retournait chez ses parents et déversait le contenu sur une large grille. Il passait le tout au jet d'eau, puis il triait : le métal ici, le plastique là, le bois plus loin, les canettes dans une corbeille, les bouteilles dans une autre, les sachets bien aplatis au fond d'un carton. Voyant corbeilles et cartons s'entasser dans le jardin, son père grognait et sa mère soupirait. Bientôt, il n'y eut plus de place dans le jardin, aussi Centeno eut l'idée de ranger ses cartons dans le garage. Pour le coup, son père cessa de grogner et commença à crier.

Espelto, qui venait chercher Centeno pour aller avec lui à la pêche aux crevettes, assista à la scène. Espelto était, lui, un fieffé bricoleur. Il s'intitulait lui-même « concepteur de robots », mais jusque-là, il n'était jamais parvenu à faire fonctionner ne serait-ce qu'un grille-pain. Il persévérait, soudant, vissant et huilant d'étranges créatures fabriquées à partir de cadres de vélo, de brosses à dents électriques et de manettes de PS4. Ce matin-là, il assista donc à la colère homérique de Centeno père. Centeno fils sortit en trombe de la maison et claqua violemment la porte derrière lui. Il rejoignit son ami Espelto en s'essuyant le visage d'une manche rageuse.

— On va trouver une solution, frérot, promit Espelto en posant une main noire de cambouis sur l'épaule de Centeno.

Les deux garçons discutèrent tant et si bien qu'ils finirent par la trouver, leur solution. Ils convinrent d'abord qu'ils étaient tous deux des rats de déchetterie, l'un par goût du beau, l'autre par amour du bricolage hasardeux.

— Il y a un truc à faire à nous deux, là, assura Espelto en relevant son filet qui pétillait de crevettes grises affolées. Toi, tu débarrasses le paysage de ses cochonneries et moi, je monte des trucs avec ce que tu as ramassé.

— Quels trucs ?

— Hum, pour commencer, dit Espelto en rejetant soigneusement sa pêche à l'eau, à l'exception des délicates petites porcelaines roses dont il faisait collection, je crois qu'il faudrait bricoler un genre de presse. Pour compacter toutes tes collectes avant que tes parents ne sombrent dans la folie.

Et c'est ainsi que, de fil en aiguille et les années passant, Centeno devint spécialiste en tri de déchets et Espelto, laseriste 3D. Mais il n'utilisait pas, pour imprimer en 3D, l'habituelle résine colorée, non plus que la cire, l'aluminium, l'acier, le titane, le platine, le plâtre ni le verre, comme les autres laseristes. Lui, il utilisait les déchets de Centeno. Il commença par imprimer des pots à partir de vieux cartons. Ces pots n'eurent d'abord aucun succès, jusqu'à ce qu'Espelto ait l'idée de les trouer au fond et de les vendre comme pots de fleurs biodégradables pour culture mi-hors-sol.

Avec l'argent gagné, Espelto put mettre au point une machine à retraiter les lambeaux d'emballage plastique de Centeno : il recouvrit l'intérieur de ses pots d'un mince film imperméabilisant. Son imprimante extruda désormais des gobelets étanches. Espelto emporta le marché d'une grosse enseigne de café, dont les mugs peu écologiques faisaient scandale. De ce jour, la Centeno y Espelto Company n'eut plus jamais de souci de trésorerie.

De son côté, Centeno améliorait sans fin sa trieuse de déchets. Il lui apprit à discerner le bon grain de l'ivraie, la feuille de plastique de la couche de papier des emballages de marché, le tissu, le cuir et le caoutchouc des chaussures avariées. Puis il la lança dans le tri des composants électroniques : elle disséquait les ordinateurs envoyés à la casse, jetant dans un godet l'époxy de la carte mère, dans un autre les pistes en cuivre, dans un troisième l'étain des soudures, plus loin le tantale, le verre, la céramique, le silicium par kilo, et même l'or des connecteurs, par milligramme. Centeno y Espelto Company commença à vendre des matières premières, les imprimantes d'Espelto ne suffisant plus pour usiner toute la production de Centeno. L'argent rentrait à flots, aussi les deux compères décidèrent-ils de voir plus grand, plus loin, plus indispensable ; de nourrir le monde.

Entassant dans la trieuse des tonnes de déchets verts, ils imprimèrent des kilomètres de petits pois qui sentaient la vieille pomme de terre, de blanc d'œuf cuit, de jaune d'œuf vert, et de viande synthétique qui avait, du moins au début, un goût prononcé d'argile blanche chlorée. Ils imprimèrent des vitamines, des protéines, des fibres et du tofu en longs rubans semblables à de la guimauve. Le jour où ils obtinrent, à partir d'un toner bourré d'algues, d'épluchures et de champignons, un tournedos délectable, imprimé tout chaud, ils firent une fête formidable. Ils livrèrent les licences de leur Nutriprocess à l'industrie alimentaire, non sans en avoir relâché le code source sur le réseau. Puis ils embarquèrent ensemble vers un nouveau défi encore plus grandiose : nettoyer la planète.

Ils acquirent à bas prix des décharges entières, des littoraux pourris de kérosène et hérissés de tessons de verre, des terres fracturées dont les sources prenaient feu spontanément, des hectares floconnant d'antiques sacs plastique de toutes les couleurs, des arpents de savane noyés sous les grains de polystyrène, et même des cimetières de vieux navires rouillés, d'antiques avions aux flancs crevés et de matériel agricole désossé. Leur nouvelle trieuse, gigantesque, avalait de bon appétit aussi bien du sable englué de pétrole que des hélices qui semblaient toucher au ciel. Elle croquait comme des chips les panneaux de tôle ondulée et les toitures en amiante.

Ils en fabriquèrent une seconde qui mangeait liquide : boues d'épuration, lacs de parabène, cuves de mazout, cratères de mercure issus de l'orpaillage, et tout le résidu acide et radioactif des terres rares. À l'autre bout, l'imprimante recrachait vaillamment des matières premières, ce qui frustrait Espelto. Il travailla sur des imprimantes presque aussi grandes que les trieuses dévoreuses de monde de Centeno, et commença à imprimer des maisons. Avec le gasoil qui pourrissait une plage, il étanchéifiait des toits ; avec le sable gaspillé dans du vieux béton fendu, il coulait des vitres.

Ce fut d'abord laborieux. La première maison imprimée par Espelto n'avait pas de porte et sa tuyauterie bâillait aux quatre vents. La deuxième était montée à l'envers et s'écroula immédiatement. Mais un mois plus tard, Espelto et Centeno purent admirer, à la place d'un ancien port abandonné qui servait de casse à tous les armateurs de Ponta da Fruta, une belle plage de sable blond au bord de laquelle s'étageaient vingt maisons toutes neuves et très solides, qu'ils offrirent.

L'année suivante, Espelto en était à son troisième lotissement de pavillons cinq pièces avec deux salles d'eau et une terrasse couverte, plus péristyle. De là, il passa aux buildings, aux campus, aux hôpitaux et aux écoles, toutes et tous imprimé·e·s sur la peau meurtrie du monde, à l'endroit même où avaient sévi la pollution et l'attrition. Les deux amis lancèrent leur armada de trieuses et d'imprimantes dans les grandes villes délaissées des anciens royaumes industriels, dans les zones portuaires à l'abandon, dans les quartiers de hangars désaffectés, et en firent des lieux de vie.

Un soir que les deux compères admiraient le lac bleu et potable de Baotou, qui miroitait sous l'ombre immense d'une Grande Trieuse, Espelto dit à Centeno :

— Ce truc est bien trop grand.

— Oui, dit Centeno.

Et ils se lancèrent dans la fabrication de trieuses-imprimantes toutes petites, très maniables, peu chères, et simples. Ils firent appel à tous les FabLabs qu'ils purent toucher, pour que chaque région, chaque pays, chaque peuple pût s'approprier leur savoir-faire avec les moyens du bord. À tourner ainsi autour du monde, ils apprirent bien des choses sur les circuits de récupération des déchets, et manquèrent mourir dans plusieurs attentats mafieux.

Ayant failli exploser dans une voiture, un avion, un minibus et même sur une trottinette, les deux amis bifurquèrent prudemment vers le nettoyage du continent plastique qui flottait au cœur de l'océan Pacifique. Ils le transformèrent en une étrange ville flottante, qui s'assemblait et se désassemblait, s'immergeait puis émergeait au gré des courants, des tempêtes et des scélérates – et cette cité de cristal naviguant dans une brume d'écume était d'une beauté féerique. C'est là, au milieu de l'eau, sous les étoiles, qu'ils eurent l'idée de nettoyer la ceinture orbitale de tous les satellites brisés qui brouillaient le ciel.

Le jour où Espelto et Centeno lancèrent officiellement leur trieuse-imprimante spatiale, les vieux parents de Centeno étaient là, en grande tenue. Ils paraissaient enfin fiers de lui. Les parents d'Espelto aussi étaient présents. Mais eux, ils avaient toujours été fiers de leur fils.

15

Tout est bien qui finit de manière étonnante

PAR BERNARD WERBER

Comme les actualités annonçaient tous les jours leur flot de mauvaises nouvelles, les gens avaient pris l'habitude de cette surenchère de déprime quotidienne.

On avait dépassé la crainte du pire. Même le pire semblait incertain.

Les spécialistes se relayaient pour annoncer la résurgence du chikungunya ou du Covid, les nouvelles complications à Tchernobyl ou à Fukushima, les grèves des transports et les manifestations de Gilets jaunes, les cambriolages en hausse et les banlieues à feu et à sang, le trafic de drogue et la prostitution, le terrorisme fanatique et la chute de la Bourse, le trou d'ozone qui s'élargit et la montée exponentielle des températures promettant des canicules, la fonte du pôle Nord et la disparition des espèces sauvages, les incendies de forêt en Australie et en Amazonie, les tankers qui déversaient le pétrole dans l'océan et les découvertes de déchets nucléaires dans les mines abandonnées, les baleines échouées, les dauphins suicidaires, les abeilles en voie de disparition alors que proliféraient les moustiques porteurs de la malaria et les frelons asiatiques. Pour couronner le tout on assistait à la montée des nationalismes et des ventes d'armes de plus en plus destructrices.

À les entendre, chaque jour qui passait était un jour de répit avant l'Apocalypse. Et plus l'angoisse montait, plus il y avait de gens qui regardaient les chaînes d'actualités continues et plus celles-ci étaient truffées de publicités nous incitant à manger des chocolats, à dévorer des hamburgers, à boire de la bière et prendre des tranquillisants pour mieux dormir. Il fallait consommer le plus possible pour en profiter avant la fin du monde.

Ce climat de terreur larvée s'était installé partout et cela ne devenait supportable que dans la mesure où un malheur chassait l'autre, et il suffisait d'oublier celui de la veille pour se sentir capable d'affronter les mauvaises surprises de la journée à venir.

Selon les actualités il y avait peu de possibilités pour que cela s'arrange. On était déjà allé trop loin. On avait déjà trop abîmé la planète pour qu'elle puisse être réparée. Le phénomène était irréversible, même en réagissant maintenant c'était trop tard.

L'humanité était comme un lapin voyant venir un camion tous phares allumés qui klaxonnait avant de l'écraser et le lapin était tétanisé devant la menace.

Et puis après avoir atteint un sommet de terreur il sembla que les mauvaises nouvelles n'arrivaient plus à se surpasser.

Il y eut une sorte de plateau. Le camion n'accélérait plus. C'étaient les mêmes angoisses que le mois dernier qui étaient présentées. Terminée la surenchère, le malheur semblait stagner.

Et puis après l'hiver vint une sorte de printemps. Ce fut au début quasiment imperceptible.

Du fait des progrès de la médecine les épidémies de la nouvelle année n'étaient pas pires que celles de l'année précédente, elles étaient plutôt mieux maîtrisées. L'espérance de vie pour tous les humains était passée de soixante-quinze à quatre-vingt-cinq ans. On avait gagné dix ans d'existence. La famine avait reculé, on pouvait même constater qu'en dehors des pays où il y avait des guerres locales, tout le monde mangeait à sa faim. Et même les guerres étaient moins nombreuses et surtout moins ravageuses.

Cette information fut peu relayée par les médias. Mais d'autres allaient dans ce sens. De nouvelles espèces animales sauvages étaient apparues par exemple dans la zone désertée de Tchernobyl. Les associations de consommateurs ayant obligé les fabricants d'aliments à signaler la composition de leurs produits, et informant de mieux en mieux sur la nourriture, cela poussait les gens à manger bio. Le nombre de végétariens augmentait sans cesse.

Les voitures électriques ne produisant pas de fumée ni de particules devenaient de plus en plus répandues.

Imperceptiblement le monde allait mieux, même si les médias continuaient à ne présenter que les actualités les plus dramatiques.

Et puis cela accéléra encore : l'énergie solaire dont on avait vanté les mérites mais qui n'avait jamais vraiment fonctionné s'avéra rentable. Les voitures électriques se rechargeaient par des capteurs photovoltaïques posés sur leurs carrosseries. Elles n'utilisaient même plus les centrales électriques, elles fonctionnaient à la lumière. Et pas seulement les voitures mais aussi les avions, les bateaux, tous les objets électriques n'avaient besoin pour se recharger que de recevoir des photons de l'astre solaire. Le pétrole du coup n'était plus nécessaire et les pays producteurs perdirent du pouvoir, ce qui apaisa beaucoup de tensions que ce soit au Moyen-Orient, en Afrique, en Amérique ou en Asie.

L'ONU qui jusque-là n'avait qu'un rôle d'observateur plus que d'acteur put prendre des décisions pour imposer des lois au bénéfice global de la planète et des générations futures : contrôle de la pollution, contrôle de la croissance démographique, défense des droits de l'homme, égalité entre les hommes et les femmes, liberté de la presse, protection des forêts, protection des espèces sauvages.

Paradoxalement les gens regardaient moins la télévision et écoutaient moins les journaux d'actualités. La consommation de biens non nécessaires baissa et donc le gaspillage.

Cela entraîna dans un premier temps une baisse de la croissance économique industrielle à l'ancienne, mais cela développa de nouvelles formes d'industries non polluantes tournées vers le recyclage.

On pensait que c'était impossible mais pourtant cela se produisit. En fait il fallait juste quelques politiciens conscients des vrais enjeux et un peu de temps pour que le public comprenne la bonne manière de se comporter au-delà des égoïsmes dans le court terme.

Du coup les températures baissèrent, les océans devinrent moins acides, les abeilles réapparurent ainsi que les baleines et les dauphins.

Le lapin face au camion qui venait l'écraser avait fini par réagir et avait accompli un pas de côté.

Cent ans plus tard, les grandes mégalopoles furent abandonnées au bénéfice des petits villages qui fonctionnaient en autarcie avec leur propre agriculture locale. La surface des forêts sur la planète avait doublé. La forêt amazonienne avait notamment retrouvé son rôle de poumon planétaire, et la plupart des humains arrivaient à se contenter d'une vie simple mais tranquille. On avait renoncé aux grandes entreprises pour privilégier les petites structures connectées.

L'émulation par la passion avait remplacé la concurrence, l'ambition, la corruption.

On avait remis en question des notions comme la hiérarchie, le maintien des traditions, la volonté d'écraser ses concurrents. Elles étaient remplacées par celles de complémentarité et d'expression dans son talent particulier.

Le désir de qualité de bonheur avait remplacé le désir d'accumulations de privilèges et de pouvoirs.

Chacun pouvait travailler chez lui à la campagne près de son potager et de ses plaques photovoltaïques tout en œuvrant à ses projets personnels grâce à un simple ordinateur portable.

Les familles étaient moins nombreuses mais plus soudées. Les enfants étaient plus aimés. Ils étaient éduqués par les anciens dans des classes de taille plus réduite. Pour ceux qu'un domaine précis intéressait il y avait la possibilité de compléter leur scolarisation par des enseignements délivrés par Internet.

Les lignes de métro avaient été progressivement abandonnées. Les embouteillages devenaient une notion ancienne.

L'air était redevenu respirable, les aliments avaient retrouvé leur goût d'origine, l'humanité avait cessé de tout détruire pour consommer afin d'entrer dans une nouvelle phase dite phase d'harmonisation.

On venait de se rappeler que nous étions des animaux parmi d'autres animaux, et que notre objectif n'était pas de dominer mais de s'intégrer pour créer un équilibre avec l'écosystème planétaire.

Étrangement ce fut aussi à cette époque que réussit le premier vol spatial permettant d'établir une colonie viable sur une planète assez similaire à la Terre mais située en dehors du système solaire donc autour d'un autre soleil. Peut-être notre planète avait-elle attendu qu'on se comporte enfin de manière respectueuse pour nous autoriser à aller nous installer sur une de ses sœurs…

Table

UNICEF,
pour
chaque
enfant
unicef

pour chaque enfant,
une Terre préservée
« Chaque enfant a un droit inhérent à la vie, et l'État a l'obligation d'assurer la survie et le développement de l'enfant compte tenu des risques de pollution du milieu naturel. »
Articles 6, 24
Convention internationale des droits de l'enfant

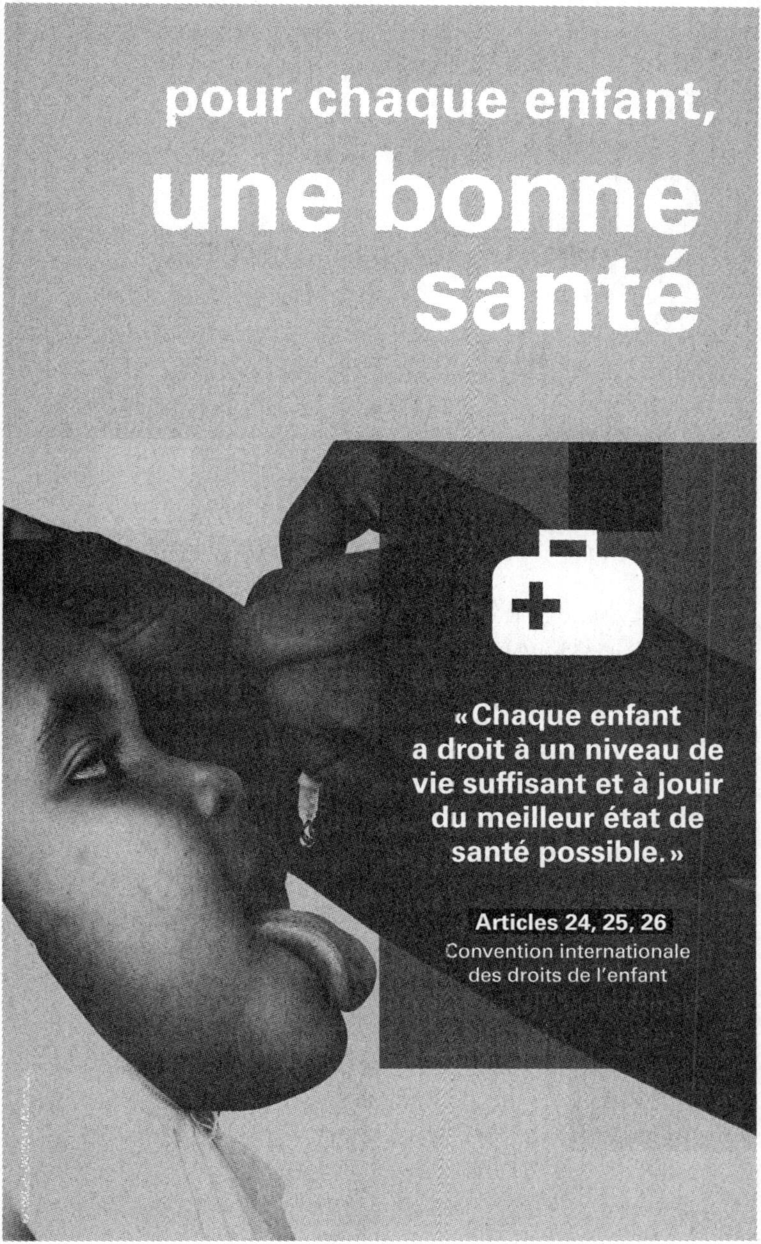
pour chaque enfant,
une bonne
santé
«Chaque enfant
a droit à un niveau de
vie suffisant et à jouir
du meilleur état de
santé possible.»
Articles 24, 25, 26
Convention internationale
des droits de l'enfant

pour chaque enfant,
de l'eau potable

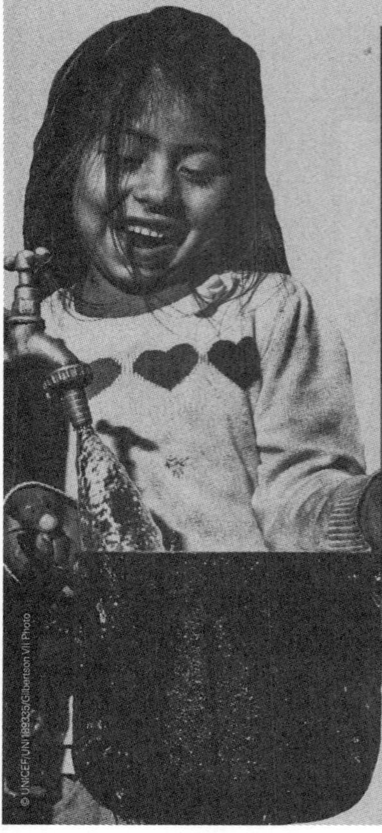

«Chaque enfant a le droit d'être protégé et soigné des maladies, de boire et de manger suffisamment pour grandir en bonne santé.»

Article 24
Convention internationale des droits de l'enfant

pour chaque enfant,
l'école
« Sur la base de l'égalité des chances, l'enseignement primaire doit être obligatoire et gratuit, l'enseignement secondaire accessible à tous, dans le respect de la dignité de l'enfant. »
Articles 28, 29
Convention internationale des droits de l'enfant

pour chaque enfant,
grandir
en sécurité
« Les enfants ont le droit de grandir dans un environnement qui leur garantisse la protection. »
Articles 19, 22, 32 à 40
Convention internationale des droits de l'enfant

PRIX UNICEF • LITTÉRATURE JEUNESSE •
VOTE POUR TON LIVRE PRÉFÉRÉ !
myUNICEF.fr
ÉDITION 2021 : AU FIL DES ÉMOTIONS
Prix Unicef de Littérature Jeunesse
unicef
Centre national de la littérature pour la jeunesse

PAPIER À BASE DE
FIBRES CERTIFIÉES

Le Livre de Poche s'engage pour
l'environnement en réduisant
l'empreinte carbone de ses livres.
Celle de cet exemplaire est de :
150 g éq. CO_2
Rendez-vous sur
www.livredepoche-durable.fr

Composition réalisée par PCA

Achevé d'imprimer en France par
CPI BRODARD & TAUPIN (72200 La Flèche)
en avril 2021
N° d'impression : 3043211
Dépôt légal 1re publication : mai 2021
LIBRAIRIE GÉNÉRALE FRANÇAISE
21, rue du Montparnasse – 75298 Paris Cedex 06